W0214323

PRISONNIERS DU MIROIR

Biographie

R. L. Stine est né en 1943 à Colombus aux États-Unis. À ses débuts, il écrit des livres interactifs et des livres d'humour. Puis il devient l'auteur préféré des adolescents avec ses livres à suspense. Il reçoit plus de 400 lettres par semaine ! Il faut dire que, pour les distraire, il n'hésite pas à écrire des histoires plus fantastiques les unes que les autres. R. L. Stine habite New York avec son épouse, Jane et leur fils Matt.

Avis aux lecteurs

Vous êtes nombreux à écrire à l'auteur de la série Chair de poule et nous vous en remercions. Pour être sûr que votre courrier arrive, adressez votre correspondance à :

Bayard Éditions Jeunesse
Série Chair de poule
3, rue Bayard
75008 Paris.

Nous la transmettrons à R. L. Stine.

Chair de poule®

PRISONNIERS DU MIROIR

R.L. STINE

TRADUIT DE L'AMÉRICAIN
PAR CHARLIE MEUNIER

QUATORZIÈME ÉDITION
BAYARD JEUNESSE

Titre original
GOOSEBUMPS n° 5
Let's get invisible

© 1993 Parachute Press Inc.,
Tous droits réservés reproduction même partielle interdite.
Chair de poule est une marque déposée de Parachute Press Inc.
© 2001, Bayard Éditions Jeunesse
© 1995, Bayard Éditions
pour la traduction française avec l'autorisation
de Scholastic Inc, New York
Loi n° 49 956 du 16 juillet 1949
sur les publications destinées à la jeunesse
Dépôt légal janvier 2001

ISBN : 2 747 001 50 4

DANGER
LE PHOTOCOPILLAGE TUE LE LIVRE

Tous droits réservés. La loi du 11 mars 1957 interdit les copies ou reproductions destinées à une utilisation collective. Toute représentation ou reproduction intégrale ou partielle faite par quelque procédé que ce soit sans le consentement de l'auteur et de l'éditeur est illicite et constitue une contrefaçon sanctionnée par les articles 425 et suivants du Code pénal.

Avertissement

Que tu aimes déjà les livres ou que tu les découvres, si tu as envie d'avoir peur, **Chair de poule** est pour toi.

Attention, lecteur !

Tu vas pénétrer dans un monde étrange
où le mystère et l'angoisse te donnent rendez-vous
pour te faire frissonner de peur... et de plaisir !

1

La première fois que je me suis rendu invisible, c'était le jour de mon douzième anniversaire.
On peut dire que c'est la faute de Black. Black, c'est mon chien. Une vraie andouille, bien que ce soit un chien papillon. Il est tout blanc, c'est pour ça qu'on l'a appelé Black.
Si Black n'avait pas été en train de renifler partout dans le grenier...
Bon, je ferais peut-être mieux de commencer par le commencement.
Mon anniversaire tombait un samedi. Il pleuvait. J'attendais mes copains pour ma fête d'une minute à l'autre et je finissais de me préparer.
Me préparer, ça veut dire me brosser les cheveux. Jérémie, mon frère, n'arrête pas de se moquer de moi et de ma coiffure. Il trouve que je passe beaucoup trop de temps devant le miroir à me bichonner.
Mais il faut dire que j'ai des cheveux magnifiques.

Épais, dorés et à peine ondulés. C'est ce que j'ai de mieux et j'aime bien les mettre en valeur.
En plus, j'ai de très grandes oreilles, complètement décollées. Il est très important que mes cheveux les cachent en permanence.
– Paul, ils sont tout emmêlés sur la nuque ! déclara Jérémie, planté derrière moi pendant que je vérifiais ma coiffure dans le miroir de l'entrée.
Jérémie a deux ans de moins que moi. Ce n'est pas un mauvais bougre, mais il a trop d'énergie. Il faut toujours qu'il lance un ballon, qu'il tambourine sur la table, qu'il cogne sur quelque chose, qu'il coure partout, qu'il tombe, qu'il saute et qu'il se batte avec moi. Vous voyez le genre. Papa dit qu'il a la bougeotte. C'est une expression idiote mais c'est assez vrai. En plus, il est gaucher et il passe son temps à jouer à la balle de la main gauche. Même dans la maison, où c'est, bien sûr, formellement interdit !
Je me tordis le cou pour voir ma nuque.
– Ce n'est pas emmêlé, menteur !
– Attrape ! cria mon frère en me lançant sa balle.
Raté ! Elle vint frapper le mur, juste au-dessous du miroir, avec un bruit sourd. Pétrifiés, nous n'osions plus bouger, guettant la réaction de maman. Mais elle n'avait rien entendu. Elle devait être dans la cuisine, en train de mettre la touche finale à mon gâteau d'anniversaire.
Je chuchotai :
– C'est malin ! T'as failli casser la glace.
– C'est toi qui es malin !

Ben voyons !

– Et si tu apprenais à lancer de la main droite ? Je pourrais peut-être attraper tes balles de temps en temps.

Il déteste que je l'embête sur ce sujet.

– Tu pues, dit-il en ramassant sa balle.

Ça, j'y suis habitué. Il le dit cent fois par jour. Il doit trouver ça drôle. Pour un gosse de dix ans, il n'est pas mal, mais il manque un peu de vocabulaire.

Avant que je puisse répondre, quelqu'un sonna à la porte. Je me précipitai, mais Jérémie fut plus rapide et c'est lui qui ouvrit malgré mes protestations.

– Eh ! c'est MON anniversaire !

Adrien, mon meilleur ami, s'engouffra dans la maison. Il était trempé comme une soupe, parce que la pluie tombait à verse. Il me tendit un cadeau, enveloppé de papier d'argent, carrément humide.

– Ce sont des bandes dessinées. Je les ai déjà lues. Il y en a qui sont super.

– Merci. Elles n'ont pas l'air trop mouillées.

Adrien enleva sa casquette, ce qui me permit d'examiner sa nouvelle coiffure.

– Eh bien ! Ça te change ! lui dis-je.

Ses cheveux raides et bruns étaient coupés très court d'un côté et retombaient en rideau, beaucoup plus longs, de l'autre.

– Tu as invité des filles ? me demanda-t-il.

– Quelques-unes. Sophie et Marie. Ma cousine Charlotte viendra peut-être.

Je savais qu'il l'aimait bien. Il hocha pensivement la tête. Adrien a un visage très sérieux, avec des yeux bleus. Il regarde toujours dans le lointain, comme s'il était perdu dans ses pensées.

C'est un type profond. Pas nerveux, mais très remonté. Et il faut toujours qu'il soit le premier partout. S'il se retrouve deuxième, c'est une catastrophe. Vous voyez le genre !

Il secoua sa casquette pour l'égoutter et s'inquiéta :

– Qu'est-ce qu'on va faire ? Tu as vu le temps ?

Je haussai les épaules.

– J'ai loué des cassettes vidéo. On pourrait peut-être les regarder.

La sonnette retentit à nouveau. Jérémie, surgissant de nulle part, nous repoussa sans ménagement et plongea vers la porte.

– Oh ! C'est vous ! s'exclama-t-il.

– Merci pour l'accueil.

Je reconnus la voix de Sophie. À cause de sa voix et de son aspect frêle, on a surnommé Sophie Souris. Elle a les cheveux courts, blonds et raides. Je la trouve mignonne, mais, évidemment, je ne l'ai jamais dit à personne.

– On peut entrer ?

C'était Marie, l'autre fille de notre groupe. Ses cheveux noirs et bouclés encadrent des yeux sombres et tristes. J'ai toujours pensé qu'elle-même était triste, mais en fait elle est simplement timide.

À deux heures et demie, tous les invités étaient arrivés, quinze en tout. La fête pouvait commencer. Le problème, c'est qu'on ne savait pas quoi faire. Je voulais regarder *Terminator*, la cassette que j'avais louée. Mais les filles voulaient jouer à des jeux de société.

Après une longue discussion, on réussit à trouver un compromis. D'abord on joua au *Monopoly*, et après, on regarda mon film. L'heure du goûter arriva vite et nous permit de nous empiffrer de gâteaux et de crêpes délicieuses...

Ce fut une fête réussie, tout le monde s'amusa beaucoup.

Après que j'eus déballé mes cadeaux, on me demanda de remettre la cassette de *Terminator* pour revoir les effets spéciaux. Certains amis commencèrent à s'en aller. Il devait être environ cinq heures, mais on avait l'impression qu'il était plus tard, parce qu'il faisait déjà noir et que l'orage redoublait d'intensité.

Mes parents rangeaient la cuisine. Il ne restait plus que Marie et Sophie. Elles attendaient la mère de Sophie, qui avait téléphoné pour prévenir qu'elle serait en retard.

Black, planté devant la fenêtre du salon, aboyait comme un fou. Je jetai un coup d'œil dehors, mais il n'y avait personne. J'attrapai cette andouille de chien à deux mains pour le faire taire, et après avoir réussi à le calmer, je proposai aux filles :

– Vous venez dans ma chambre ? On m'a offert une nouvelle cassette de Game Boy et j'aimerais bien l'essayer.

Les deux filles acceptèrent avec joie. Manifestement, *Terminator* ne leur plaisait pas.
Au premier, le couloir était plongé dans l'obscurité. J'appuyai sur l'interrupteur, mais rien ne se passa.
– L'ampoule doit être grillée, dis-je.
Ma chambre étant au bout du couloir, il nous fallut avancer à tâtons.
– On se croirait dans une maison hantée, par ici, remarqua Marie.
Et au moment où elle disait cela, le placard à linge s'ouvrit à la volée et une silhouette sombre nous sauta dessus, en poussant un hurlement sauvage.

2

Tandis que les filles hurlaient de peur, la créature bondissante me saisit par la taille et me fit tomber par terre.

– Jérémie, arrête ! Tu n'es pas drôle !

J'étais vraiment en colère.

Il riait comme un fou. Il pensait avoir réussi une bonne blague.

– Je vous ai eus ! Je vous ai bien eus ! Ah ! Ah !

– On n'a pas eu peur, dit Sophie. On savait que c'était toi !

– Alors, pourquoi tu as crié ?

Sophie ne trouva rien à répondre.

À ce moment, Black se mit à flairer la porte de l'autre côté du couloir.

– C'est quoi, cette porte, Paul ? demanda Sophie.

– C'est celle du grenier.

– Vous avez un grenier ?

Elle avait l'air de trouver ça extraordinaire.

– Qu'est-ce qu'il y a dedans ? J'adore les greniers !

Je profitai de l'obscurité pour grimacer de dégoût. Parfois, les filles sont vraiment bizarres. Comment peut-on adorer les greniers ?

– Il n'y a que des vieilleries laissées par mes grands-parents. Avant, c'était leur maison. Papa et maman rangent beaucoup de choses là-haut. On n'y va presque jamais.

– On peut y jeter un coup d'œil ?

– Je pense. Mais il ne doit rien y avoir de très excitant.

– J'adore les vieilleries, répliqua Sophie, de plus en plus enthousiaste.

– Mais il fait tellement noir, intervint Marie timidement.

Je crois qu'elle avait un peu peur. J'ouvris la porte pour allumer la lumière. L'ampoule était faible, mais suffisante pour distinguer l'escalier raide.

– Regarde, on y voit clair ! dis-je à Marie en commençant à grimper.

Les marches grincèrent sous mes pas et mon ombre s'allongea.

– Tu viens ?

– Non ! Ta mère va arriver d'une minute à l'autre.

Sophie poussa doucement son amie :

– On ne monte qu'une seconde. Allez, avance !

Black nous dépassa, agitant frénétiquement la queue, ses ongles crissant sur les marches de bois. Plus on montait, plus l'air devenait chaud et sec.

Je m'arrêtai sur la dernière marche pour regarder autour de moi. Le grenier était spacieux, rempli de

meubles, de cartons, de vieux vêtements inutilisés, de cannes à pêche, de piles de journaux jaunis.
– Ooooh ! Ça sent le renfermé ! s'écria Sophie en s'avançant dans la pièce. J'adore cette odeur ! ajouta-t-elle en inspirant profondément.
– Y'a pas à dire, tu es vraiment bizarre ! constatai-je.

La pluie tambourinait bruyamment sur le toit. Cela résonnait dans la pièce au plafond bas. On se serait cru sous une cascade.

On se mit à fouiner, tous les quatre. Jérémie n'arrêtait pas de lancer sa balle de la main gauche contre les poutres du plafond. Marie ne quittait pas Sophie d'une semelle. Quant à Black, il reniflait furieusement le long du mur.
– Je suis sûr qu'il y a des souris ici ! affirma Jérémie avec un sourire diabolique.

Marie écarquillait les yeux d'horreur tandis qu'il insistait :
– Des bonnes grosses souris qui adorent monter le long des jambes des filles !

Mon frère a un sens de l'humour extraordinaire.

Marie se dirigea vers l'escalier sans perdre de temps.
– Bon, on descend maintenant ?
– Oh ! Des vieux journaux ! s'exclama Sophie sans lui prêter attention. Regardez-moi ça ! Les vêtements de ces mannequins sont marrants !
– Eh ! Qu'est-ce qu'il a, ce chien ? demanda Jérémie.
Je suivis son regard. À moitié caché par une haute pile de cartons, Black battait la mesure avec sa

queue. On l'entendait gratter frénétiquement. J'ordonnai :

– Black ! Viens ici !

Évidemment, il n'était pas question qu'il m'obéisse. Il se mit au contraire à gratter plus fort.

– Black, qu'est-ce que tu fais ?

– Il doit être en train de dépecer une souris, dit mon frère, l'air innocent.

– Je m'en vais d'ici ! s'exclama Marie.

Je contournai une vieille table de salle à manger et je traversai le grenier encombré. Mon chien s'acharnait contre une porte.

– Eh ! regardez ! criai-je aux autres. Black a trouvé une porte dérobée.

J'ajoutai, très étonné :

– Je ne savais pas qu'il y en avait une ici !

Sophie se précipita à mes côtés :

– Super ! On va voir ce qu'il y a de l'autre côté.

Et c'est là que les ennuis ont commencé.

Vous comprenez pourquoi je dis que c'est entièrement de la faute de Black ? Si cette andouille de chien n'avait pas gratté à cet endroit, on n'aurait jamais découvert la pièce cachée.

Et on n'aurait jamais découvert le secret excitant – et terrifiant – qui s'y dissimulait.

3

– Black !

Je m'accroupis pour faire reculer le chien.

– Qu'est-ce que tu as trouvé, mon toutou ?

À peine écarté, Black perdit tout intérêt pour la porte et commença à renifler tout aussi frénétiquement un autre coin. Après, on dit que c'est nous qui n'avons pas de suite dans les idées... À côté des chiens... Je suppose que c'est toute la différence entre les chiens et les humains.

La pluie continuait à tomber, grondement régulier au-dessus de nos têtes. J'entendais le vent siffler à l'angle de la maison. C'était un vrai orage de printemps.

Il y avait un loquet rouillé à mi-hauteur. Il glissa facilement de la porte.

Les gonds grincèrent, et la porte se rabattit, révélant une obscurité totale.

Jérémie se précipita aussitôt dans la pièce sombre.

– *Un cadavre !* hurla-t-il.

Marie et Sophie s'écrièrent, terrifiées :
– Nooooon !
Mais je connaissais l'humour idiot de mon frère.
– Très amusant, Jérémie ! dis-je simplement en le suivant.
Évidemment, il racontait n'importe quoi. Il n'y avait qu'une petite pièce sans fenêtre, éclairée seulement par la faible ampoule du grenier.
– Pousse la porte, on n'y voit rien ! ordonnai-je à Sophie.
– C'est trop grand pour un placard, remarqua-t-elle en entrant à son tour. Qu'est-ce que ça peut bien être ?
– Une pièce, c'est tout.
J'essayai d'accommoder mes yeux à l'obscurité. Je fis encore quelques pas lorsque, soudain, une silhouette sombre s'approcha de moi.
Je reculai en criant. L'autre recula aussi.
– C'est un miroir, crétin ! dit Jérémie.
Tout le monde éclata de rire. D'un rire nerveux, haut perché.
C'était un miroir, en effet. Même avec cet éclairage pâle, on le voyait bien. Un grand miroir rectangulaire, de deux mètres de haut, avec un cadre en bois noir, posé sur un pied, également en bois.
Je m'en approchai et mon reflet s'avança à ma rencontre. À ma grande surprise, le miroir renvoyait une image très nette. Pas la moindre poussière, contrairement aux autres objets du grenier.
– Qui a bien pu le ranger ici ? demanda Sophie.

– Peut-être que c'est un meuble ancien, répondis-je. Une antiquité ?
– Ce sont tes parents qui l'ont mis là ? insista-t-elle.
– Je ne sais pas. Peut-être que ça appartenait à mes grands-parents. Je n'en sais vraiment rien.
– On descend maintenant ? Ça ne me plaît pas trop, se plaignit Marie, qui était restée sur le seuil.
– C'est peut-être un miroir comme dans les foires, suggéra Jérémie en me poussant pour faire des grimaces, le visage à quelques centimètres de son reflet. Tu sais, un miroir déformant, où on a le corps tout aplati.
– Pour toi, ça ne changerait pas grand-chose. Surtout au niveau de la tête, dis-je en plaisantant.
– Tu n'es qu'un œuf pourri. Tu pues, rétorqua-t-il.
J'examinai le miroir. Le reflet paraissait parfaitement normal, pas du tout déformé.
– Eh ! Marie, entre dans la pièce, tu caches toute la lumière !
– On n'a qu'à s'en aller, dit-elle d'une voix geignarde.
À contrecœur, elle avança de quelques pas.
– À quoi ça sert, ce vieux truc, de toute façon ?
– Regardez ! indiquai-je en montrant une lampe fixée en haut du miroir.
Elle était ovale, en cuivre, avec une ampoule longue et étroite, presque comme un néon, mais en plus court.
J'essayais de mieux la voir dans la semi-obscurité.
– Je me demande bien comment elle s'allume.

– Il y a une chaîne, remarqua Sophie en s'approchant un peu.
C'était vrai. Accrochée à la lampe pendait une petite chaîne de trente centimètres de long.
– Je me demande si ça fonctionne, murmurai-je.
– L'ampoule est sûrement grillée, observa Jérémie.
– Il n'y a qu'une façon de s'en assurer, décidai-je en me mettant sur la pointe des pieds pour attraper la chaîne.
– Fais attention, dit Marie.
– Eh ! C'est rien qu'une lampe, répondis-je en levant le bras et en tirant dessus.
La lumière fut brutale. Puis elle s'atténua graduellement. Une lumière très blanche qui se reflétait dans la glace.
– Ah ! Ça va mieux ! Ça éclaire la pièce ! Plutôt forte, non ?
Personne ne me répondit.
– J'ai dit, plutôt forte, non ?
Pas un mot.
Je me retournai et, à ma grande surprise, je vis qu'ils étaient terrifiés.
– Paul ? cria Jérémie en me fixant, les yeux écarquillés.
– Paul, où es-tu ? demanda Sophie.
– Mais je suis là, je n'ai pas bougé, répondis-je.
– *Mais on ne te voit pas !* hurla Marie.

4

Les yeux exorbités, l'air terrifié, ils regardaient tous les trois dans ma direction. Mais j'étais sûr qu'ils bluffaient.
– Lâchez-moi, les gars ! Je ne suis pas aussi idiot que j'en ai l'air. Votre blague ne m'impressionne pas !
– Mais, Paul... insista Jérémie. On est *sérieux* !
– On ne te voit pas ! répéta Marie.
Idiots, idiots, idiots.
Brusquement, la lumière me fit mal aux yeux. Elle semblait devenir de plus en plus intense et j'étais complètement aveuglé.
Protégeant mes yeux d'une main, je tirai sur la chaîne de l'autre.
La lumière s'éteignit, mais je restai ébloui. J'eus beau battre des paupières à plusieurs reprises, de grosses taches blanches dansaient toujours devant moi.
– Eh ! Tu es revenu ! s'écria Jérémie.

Il me serra le bras, comme pour s'assurer que c'était vrai.
– Qu'est-ce qui te prend, mon vieux ? Votre blague est idiote, elle n'a pas marché ! Alors, basta !
À ma grande surprise, Jérémie ne se recula pas. Il se cramponnait à moi comme s'il avait peur de me voir disparaître.
– On ne blaguait pas, Paul, insista Sophie à voix basse. On ne te voyait vraiment plus !
– C'était sûrement le reflet de la lampe dans le miroir, dit Marie, pelotonnée contre le mur, à côté de la porte. La lumière était tellement violente. Je suis sûre que c'était une illusion d'optique.
– Ce n'était pas une illusion d'optique, déclara Sophie. J'étais à côté de Paul et je ne le voyais pas !
– Il était invisible, conclut solennellement Jérémie.
Je me mis à rire.
– Eh ! les gars, si vous essayez de me faire peur, c'est raté !
– C'est toi qui nous as fait peur ! rétorqua Jérémie.
Il me lâcha le bras pour s'approcher du miroir.
– Allez, on sort d'ici, implora Marie.
Jérémie se mit à lancer sa balle en s'observant dans la glace.
Pendant ce temps, Sophie faisait le tour du meuble.
– Il fait trop noir derrière. Je n'y vois rien.
Elle revint devant pour examiner la lampe ovale.
– Tu as disparu dès que tu as tiré sur la chaîne de cette lampe.
– Tu es sérieuse ?

Pour la première fois, je me dis que peut-être ils ne plaisantaient pas.
– Tu étais invisible, Paul, insista Sophie. Pouf ! disparu !
Jérémie laissa échapper sa balle qui partit rouler derrière le miroir. Il hésita pendant quelques secondes, puis plongea à sa recherche dans l'obscurité. Il ressortit en courant quelques secondes plus tard.
– Tu étais vraiment invisible, Paul ! recommença-t-il.
– Vraiment ! répéta Sophie en me fixant.
Leur insistance commençait à me déboussoler. Je lançai comme un défi :
– Prouvez-le.
– Qu'est-ce que tu veux dire par « prouvez-le » ? demanda Sophie en s'adressant à mon reflet.
– Rends-toi invisible. Comme moi.
Sophie et Jérémie me dévisagèrent, bouche bée.
– C'est idiot, grommela Marie derrière nous.
– Non, moi, j'y vais, déclara Jérémie d'un ton décidé en s'approchant du miroir.
Je le retins par les épaules.
– Pas toi, tu es trop jeune.
Il tenta de se dégager, mais je le tenais fermement.
– Pourquoi pas toi, Sophie ? proposai-je, ravi de la prendre à son propre piège.
Elle haussa les épaules.
– D'accord. Je vais essayer.
Jérémie cessa de se débattre et je relâchai un peu ma prise.
Nous regardions tous Sophie se planter devant le

miroir, face à son reflet sombre. Elle se dressa sur la pointe des pieds et attrapa la chaîne de la lampe. En souriant, elle me jeta un coup d'œil avant de déclarer :

– Le sort en est jeté !

5

La chaîne échappa des mains de Sophie. D'un geste vif, elle la rattrapa, mais au moment où elle s'apprêtait à tirer dessus, une voix de femme venue d'en bas l'interrompit.

– Sophie ? Marie ? Vous êtes là-haut ?

C'était la mère de Sophie.

– Oui, on est là, cria Sophie en lâchant la chaîne.

– Dépêchez-vous de descendre, on est en retard ! Qu'est-ce que vous fabriquez au grenier ?

– Rien, répondit Sophie en haussant les épaules.

– Parfait ! Je me tire d'ici ! s'exclama Marie en courant vers l'escalier.

Tout le monde la suivit. On aurait dit une armée d'éléphants dans l'escalier de bois.

– Qu'est-ce que vous faisiez là-haut ? demanda ma mère quand elle nous vit arriver dans le salon. Il y a tellement de poussière dans ce grenier. C'est un miracle que vous ne soyez pas sales.

– On a juste regardé, répondis-je.

– On a joué avec un vieux miroir, raconta Jérémie.
– Vous avez joué avec un miroir ? s'étonna la mère de Sophie.
– Ben oui ! Et alors ? À bientôt, les gars ! C'était une belle fête, Paul ! dit Sophie en poussant sa mère vers la porte.
– Oui, merci beaucoup, ajouta Marie.
Dehors, la pluie avait enfin cessé, et je restai sur le seuil à les regarder contourner les flaques pour arriver jusqu'à la voiture.
Dans le salon, Jérémie lançait sa balle jusqu'au plafond et essayait de la rattraper par-derrière. Il finit par rater son coup. La balle rebondit sur un guéridon où elle percuta un grand vase de tulipes.
Catastrophe ! Le vase se brisa en mille morceaux. Les tulipes s'éparpillèrent et toute l'eau se déversa sur le tapis.
Maman leva les bras au ciel en murmurant quelque chose à voix basse, comme elle fait toujours avant d'exploser de colère.
Puis elle s'occupa sérieusement de Jérémie ; elle se mit à crier :
– Combien de fois faut-il que je te dise de ne pas jouer à la balle dans la maison ?... Et d'autres choses du même genre pendant un bon moment.
Jérémie s'était réfugié dans un coin et il essayait de se faire tout petit. Il n'arrêtait pas de dire qu'il était désolé, mais maman criait tellement fort qu'elle ne l'entendait probablement pas.
Je suis sûr que Jérémie aurait voulu être invisible à

ce moment-là. Mais il fallait bien qu'il paie pour ses bêtises.
Ensuite, j'eus pitié de lui et l'aidai à tout ranger. Mais quelques minutes plus tard, je le vis en train de jouer de nouveau à la balle dans le salon. C'est ça, le problème avec Jérémie : rien ne lui sert de leçon.

Pendant deux jours, je ne repensai plus au miroir. J'étais très occupé par un concert qu'on préparait au collège. Il fallait être présent à toutes les répétitions, même si on ne faisait que chanter dans la chorale. Je voyais beaucoup Sophie et Marie, mais aucune des deux ne reparlait du miroir. Peut-être ne voulaient-elles plus y penser, car cette histoire avait quelque chose d'effrayant. Je veux dire, si on croyait à ce qu'elles avaient raconté.
Puis, le mercredi soir, impossible de m'endormir. Couché sur le dos, je regardais les ombres qui dansaient au plafond et j'essayais de compter des moutons imaginaires. Je tentai ensuite de compter à l'envers, à partir de mille, en fermant les yeux très fort. Mais j'étais vraiment énervé et je n'avais pas du tout sommeil.
Brusquement, je repensai au miroir dans le grenier. Qu'est-ce qu'il faisait là-haut ? Pourquoi était-il enfermé dans cette pièce bien cachée et dont la porte était soigneusement fermée ? À qui avait-il appartenu ? À mes grands-parents ? Pourquoi l'auraient-ils dissimulé dans cette pièce minuscule ?

Je me demandais si mes parents connaissaient son existence.

Je repensais à ce qui s'était passé le samedi précédent, après la fête. Je me revoyais devant le miroir. Attrapant la chaîne. Tirant dessus. L'éclair violent quand la lampe s'était allumée. Et puis...

Est-ce que j'avais vu mon reflet dans le miroir une fois la lumière allumée ? Impossible de m'en souvenir.

Est-ce que je m'étais vu moi-même ? Mes mains ? Mes pieds ? Impossible de m'en souvenir.

– C'était une blague, dis-je à voix haute, en rejetant les couvertures d'un coup de pied.

Ce ne pouvait être qu'une blague.

Jérémie passait son temps à me faire des plaisanteries idiotes, pour m'embêter. Il avait toujours été un rigolo. Il n'était jamais sérieux. Jamais.

Alors, qu'est-ce qui me faisait penser que, pour une fois, il l'était ? Parce que Marie et Sophie étaient d'accord avec lui ?

Sans m'en rendre compte, j'étais déjà sorti du lit.

« Il n'y a qu'un seul moyen de vérifier », pensai-je.

Dans le noir, je cherchai à tâtons mes pantoufles. Puis, aussi silencieusement que possible, je sortis dans le couloir. La maison était plongée dans l'obscurité, excepté la veilleuse au niveau du sol, juste devant la chambre de Jérémie. Il est le seul de la famille à se lever la nuit et il insiste pour avoir deux veilleuses, une dans sa chambre et une dans le couloir. Évidemment, je passe mon temps à me moquer de lui à ce sujet !

À présent, j'étais bien content de voir où je posais les pieds. Je faisais très attention, mais les planches du parquet craquaient sous mon poids. C'est impossible de marcher sans bruit dans une vieille maison.

Je m'arrêtai en retenant mon souffle : est-ce que quelqu'un m'avait entendu ?

Silence.

Inspirant profondément, j'ouvris la porte du grenier, je tâtonnai pour trouver l'interrupteur et j'allumai. Puis je grimpai lentement l'escalier raide, m'appuyant de tout mon poids sur la rampe, faisant de mon mieux pour éviter que les marches grincent. La montée me parut durer une éternité. Finalement, je mis le pied sur la dernière marche et regardai autour de moi pour laisser à mes yeux le temps de s'habituer à la lumière jaunâtre qui tombait du plafond.

L'air du grenier était étouffant et tellement sec que cela m'irritait le nez. J'eus brusquement très envie de faire demi-tour. Mes yeux se posèrent alors sur la petite porte dérobée. Dans notre hâte, l'autre jour, nous l'avions laissée grande ouverte.

Fixant les ténèbres qui régnaient au-delà, je traversai rapidement le grenier encombré. Le parquet craquait sous mon poids mais je n'y faisais plus attention.

J'étais attiré par cette porte ouverte comme un morceau de fer par un aimant.

Il fallait que je revoie le grand miroir. Il fallait que je

l'examine de près. Il fallait que je sache tout de lui. Je pénétrai sans hésiter dans la petite pièce et m'arrêtai un moment pour observer mon reflet dans la glace. Je me regardai bien au fond des yeux, puis je reculai d'un pas pour changer d'angle.
On me voyait tout entier. Le reflet lui-même n'avait rien de particulier. Il n'était pas déformé, il ne présentait aucune bizarrerie.
Cela m'aida à me calmer. Car, sans même que je m'en rende compte, mon cœur s'était mis à battre la chamade et j'avais les extrémités glacées.
– T'as les jetons, Paul ! dis-je en me regardant dans le miroir sombre.
Je me forçai à faire quelques pas de danse, en me secouant des pieds à la tête.
– Ce miroir n'a rien d'extraordinaire.
Je tendis la main pour le tâter. Il était frais en dépit de la chaleur qui régnait dans la pièce. Du bout des doigts, je cherchai le cadre de bois et je le caressai doucement. Il était aussi lisse et frais.
« Ce n'est qu'un miroir, pensai-je, un peu rassuré. Un vieux miroir qu'on a entreposé là il y a bien longtemps et qu'on a oublié. Bon, il ne me reste plus qu'à allumer la lampe en haut. »
Debout, à quelques centimètres de la glace, j'allais attraper la chaîne quand quelque chose m'arrêta.
– Oh !
Je criai en voyant deux yeux, tout en bas du miroir. Deux yeux qui me fixaient.

6

J'avais le souffle coupé. Une paire d'yeux m'observait. Des yeux sombres et diaboliques.

Paniqué, je me détournai du miroir.

– Jérémie ! bredouillai-je.

J'avais une voix bêlante, comme si on était en train de me tenir à la gorge.

Il me décocha un grand sourire. C'étaient ses yeux !

Je me précipitai sur lui en l'attrapant par les épaules.

– Crétin ! Tu m'as fichu une trouille d'enfer !

Son sourire s'élargit.

– Cette fois, je t'ai bien eu !

J'avais envie de l'étrangler.

– Pourquoi tu t'es faufilé derrière moi ?

Je le poussai violemment contre le mur.

Il haussa les épaules sans me répondre.

– Qu'est-ce que tu fabriques ici, de toute façon ? continuai-je, la tête encore pleine de la vision de ses yeux sombres braqués sur moi. Horrible !

– Je t'ai entendu quand tu es passé devant ma chambre. J'étais réveillé. Alors je t'ai suivi, expliqua-t-il avec ce sourire toujours aussi idiot sur les lèvres.
– Tu n'as rien à faire ici.
– Toi non plus !
– Redescends te coucher !
Ma voix était redevenue normale et je tentai d'avoir l'air autoritaire.
Mais Jérémie ne bougea pas d'un centimètre.
– Essaie de m'y obliger. Vas-y ! Oblige-moi ! répéta-t-il. Je te dénoncerai aux parents.
Je déteste qu'on me menace. Et il le sait très bien. Voilà pourquoi il passe son temps à le faire.
Parfois, j'ai vraiment envie de le réduire en miettes. Mais nous sommes une famille de non-violents. C'est ce que disent les parents chaque fois qu'on se bat, Jérémie et moi.
Par moments, la non-violence, c'est carrément frustrant. Vous voyez ce que je veux dire ?
Là, c'était un cas typique. À l'évidence, je n'arriverais pas à me débarrasser de Jérémie. Il était décidé à rester dans le grenier pour voir ce que j'allais faire avec le miroir.
Mon cœur avait fini par retrouver un rythme normal, je me sentais un peu plus calme. Je décidai donc d'arrêter de discuter et, après tout, qu'il reste si cela lui chantait ! Je me tournai à nouveau vers le miroir. Heureusement, cette fois, il n'y avait aucune autre paire d'yeux pour me fixer !

– Qu'est-ce que tu fais ? demanda mon frère, debout derrière moi, les bras croisés.
– Je ne fais que regarder.
– Tu veux te rendre de nouveau invisible ?
Il était tout près de moi et il avait mauvaise haleine. Je le repoussai d'un coup de coude.
– Recule-toi, tu pues du bec.
Ce qui démarra une autre dispute idiote, évidemment. Je regrettais beaucoup d'être monté. J'aurais bien mieux fait de rester au lit.
Finalement, je réussis à le persuader de reculer de trente centimètres. Une vraie victoire.
En bâillant, je me tournai de nouveau vers le miroir. Je commençais à avoir sommeil. C'était peut-être la chaleur du grenier. Ou, tout simplement, la fatigue, car on était au milieu de la nuit.
– Je vais allumer cette lampe, déclarai-je en attrapant la chaîne. Dis-moi si je deviens encore invisible.
– Non, je veux essayer, moi aussi.
Il me poussa pour prendre ma place. Je le repoussai d'une bourrade.
– Pas question.
– Tout à fait question.
Il me rebouscula brutalement.
On allait en venir aux mains, mais j'eus une meilleure idée.
– Et si on essayait tous les deux ?
– D'accord. Vas-y.
Collé au miroir, nez à nez avec son reflet, Jérémie se mit carrément au garde-à-vous.

Il était ridicule, surtout avec son affreux pyjama vert. Je me serrai contre lui afin que nous soyons bien tous les deux face au miroir.
Je tendis le bras, attrapai la chaîne et tirai.

7

Il y eut un éclair de lumière en haut du miroir.

– Oh !

La lumière était tellement vive qu'elle me fit mal aux yeux. Mais elle s'atténua rapidement et je commençai à m'y accommoder.

Je me tournai vers Jérémie pour lui dire quelque chose, je ne sais plus quoi. Il n'était plus là ! Je me mis à bégayer :

– Jé-Jérémie ?

– Je suis ici.

Sa voix était toute proche, mais je ne le voyais pas.

– Paul, et toi, où es-tu ?

– Tu ne me vois pas ?

– Non, pas du tout.

Je sentais son haleine acide, donc il était là. Mais invisible. Disparu. Perdu de vue.

Ainsi, l'autre jour, ils ne m'avaient pas raconté de bobards ! Sophie, Jérémie et Marie m'avaient dit la vérité : j'étais bel et bien devenu invisible !

Et aujourd'hui cela recommençait, avec mon frère en plus !

– Eh ! Paul, m'appela-t-il d'une petite voix tremblante, c'est bizarre.

– Ouais, je suis d'accord. Tu es vraiment sûr que tu ne me vois pas, Jérémie ?

– Non. Et je ne me vois pas non plus, d'ailleurs.

Le miroir ! J'avais oublié de vérifier. Avais-je un reflet ?

La lumière tombait du haut du cadre, éclairant la glace. Scrutant la surface polie, je ne vis... rien.

Ni moi. Ni Jérémie. Rien que le mur derrière nous et la porte ouverte sur le grenier.

– On n'a... on n'a pas de reflet.

– C'est génial ! s'exclama Jérémie en m'agrippant le bras.

Je fis un bond de frayeur.

– Eh !

C'est très désagréable de se sentir touché par quelqu'un d'invisible. Je l'attrapai à mon tour et lui chatouillai les côtes. Il se mit à rire.

– On a toujours nos corps. C'est juste qu'on ne peut plus les voir, fis-je remarquer.

Il essaya de me chatouiller à son tour, mais je l'esquivai.

– Eh, Paul, où es-tu passé ? m'appela-t-il d'une voix de nouveau effrayée.

– Trouve-moi ! répondis-je pour le taquiner, en reculant de quelques pas.

– Je... je ne peux pas. Reviens ici !
– Pas question. Je n'ai aucune envie que tu me chatouilles.
– Je ne le ferai pas. Je te le jure.
J'acceptai de revenir devant le miroir.
– Tu es là ? demanda timidement Jérémie.
– Ouais, je suis juste à côté de toi. Je sens ton haleine puante.
Et avant que j'aie pu faire un geste, il se remit à me chatouiller. Le petit menteur !
Je commençai à me bagarrer avec lui. C'était bizarre de se battre avec quelqu'un sans le voir. À la fin, j'en eus assez et je finis par le repousser.
– Je me demande si on resterait toujours invisibles en redescendant, et même en sortant de la maison, lançai-je.
– Et on irait espionner les gens ?
– Ouais ! Tu te souviens de ce vieux film que les parents regardaient à la télé ? À propos de fantômes qui passaient leur temps à apparaître et disparaître ? Ça avait l'air très marrant de faire peur aux gens... Tu sais, leur faire des blagues, les rendre fous.
– Mais on n'est pas des fantômes, répondit Jérémie d'une voix tremblante.
Manifestement, cette idée l'inquiétait. Moi aussi, d'ailleurs !
– Si on revenait à la normale maintenant ? proposai-je à mon frère. Je ne suis pas très bien.
Je me sentais léger, flottant, bizarre en un mot.

– Moi non plus, répondit-il. Comment on fait pour revenir en arrière ?
– La dernière fois, je n'ai eu qu'à tirer sur la chaîne. Dès que j'ai éteint la lumière, je suis revenu. C'est tout.
– Alors, fais-le. Tout de suite.
– Oui. D'accord.
Je commençais à avoir un sacré vertige. À ne plus toucher terre. Comme si j'étais en train de larguer les amarres...
– Dépêche-toi !
Jérémie respirait bruyamment.
Je tendis le bras pour attraper la chaîne.
– Pas de problème. On sera revenus dans une seconde.
Je tirai un coup sec. La lumière s'éteignit.
Mais aucun de nous deux ne réapparut.

8

– Paul ! Je ne te vois pas ! s'écria Jérémie.
– Je sais, je ne te vois pas non plus.

J'avais tellement peur que je frissonnais des pieds à la tête, sans pouvoir m'arrêter.

– Qu'est-ce qui s'est passé ? gémit mon frère en agrippant mon bras invisible.
– Je... je ne sais pas. L'autre fois, ça avait marché. J'avais éteint la lumière et pouf ! j'étais revenu.

Je scrutai le miroir. Pas le moindre reflet. Rien. Ni moi. Ni Jérémie.

Je restais là, planté devant l'endroit où nos reflets auraient dû apparaître, pétrifié de peur. J'étais content que Jérémie ne me voie pas, parce que je ne devais pas avoir bonne mine...

– Essaie encore, Paul ! Je t'en prie ! Dépêche-toi !
– D'accord. Mais ne t'affole pas !
– Ne pas m'affoler ? Et si on ne réapparaissait jamais ? Si personne ne pouvait plus jamais nous voir ?

Je me sentais très mal. J'avais la nausée.

« Reprends-toi, me dis-je. Il faut que tu te tiennes, Paul. Pour Jérémie. »

Et puis brusquement, je redevins visible. Jérémie aussi.

Nous pouvions nous voir ainsi que nos reflets dans le miroir.

– On est revenus !

De joie nous avions crié en chœur en nous roulant par terre. Tellement soulagés. Tellement contents.

– Chut !

J'attrapai Jérémie et lui plaquai une main sur la bouche. Je venais de me rappeler qu'on était au milieu de la nuit.

– Si les parents nous surprennent, on est cuits, chuchotai-je.

– Pourquoi on a eu tant de mal à réapparaître ? demanda mon frère en se regardant dans la glace.

Je haussai les épaules.

– Je ne sais pas. Peut-être que plus on reste invisible, plus il faut de temps pour revenir.

– Qu'est-ce que tu racontes ?

– La première fois que je suis devenu invisible, ça n'a duré que quelques secondes. Et je suis revenu immédiatement, dès que j'ai éteint la lumière. Mais ce soir...

– On est restés invisibles beaucoup plus longtemps, donc il nous a fallu plus de temps pour revenir. J'ai compris !

– Tu n'es pas aussi crétin que tu en as l'air !

– Toi-même !

Complètement épuisé, je n'avais qu'une envie : sortir de la petite pièce. Mais Jérémie hésitait, il avait du mal à détacher son regard de son propre reflet.

– Il faudra prévenir les parents, dit-il d'une voix pensive.

– Pas question de leur en parler ! Autrement, ils se débarrasseront du miroir pour nous empêcher de l'utiliser.

Il me dévisagea d'un air songeur.

– Je ne suis pas sûr de vouloir m'en resservir, déclara-t-il doucement.

– Moi, si, dis-je en me retournant pour le contempler. Je veux l'essayer encore une fois.

– Pourquoi ? demanda-t-il en bâillant.

– Pour faire peur à Adrien.

Adrien n'était pas libre avant samedi. Lorsqu'il arriva, je ne tenais plus en place : j'allais l'emmener au grenier pour lui faire une démonstration des pouvoirs du miroir. Et surtout, j'allais lui coller une frousse de tous les diables !

Mais maman insista pour nous faire d'abord déjeuner : pizza aux quatre fromages – surgelée – et salade verte.

J'avalai ma pizza à toute vitesse, en prenant à peine le temps de mâcher. Jérémie ne cessait de me jeter des regards lourds de sous-entendus : il était aussi impatient que moi de faire peur à Adrien.

– Où as-tu été te faire couper les cheveux ? demanda ma mère à Adrien.
Les sourcils froncés, elle fit le tour de la table, pour regarder de plus près. Je savais qu'elle trouvait cette coiffure atroce.
– Chez Roll' Hair, répondit Adrien, la bouche à moitié pleine. Vous savez, sur le boulevard. Vous aimez ?
– Heu..., on peut dire que ce n'est pas ordinaire, dit ma mère.
On devinait tous qu'elle trouvait cette coupe abominable, mais elle ne voulait pas avoir l'air désagréable. Moi, j'aimais bien cette asymétrie : tout court d'un côté et pendouillant de l'autre. N'empêche ! Si je m'avisais de rentrer à la maison avec une coiffure pareille, elle serait capable de me scalper !
– Que diriez-vous d'un morceau de gâteau au chocolat ? proposa maman, changeant de conversation.
Adrien était prêt à dire oui, mais je l'interrompis.
– On pourra prendre notre dessert plus tard ? Là, je n'ai plus faim !
Je me levai rapidement, poussant Adrien à me suivre. Quant à Jérémie, il cavalait déjà dans l'escalier.
– Eh ! où filez-vous comme ça ? cria Maman en nous suivant dans l'entrée.
– Euh... on va au grenier !
– Au grenier ? Qu'est-ce qu'il y a de tellement intéressant, là-haut ? demanda-t-elle, les sourcils froncés.
– Oh ! Juste des vieux journaux. Ils sont rigolos et je veux les montrer à Adrien.

Quel mensonge ! D'ordinaire, je ne savais pas en inventer aussi rapidement...
Maman me dévisagea. Je pense qu'elle ne me croyait pas, mais elle retourna dans la cuisine.
Je poussai Adrien vers l'escalier raide. Jérémie nous attendait déjà dans le grenier.
À la seconde où je pénétrai dans cette pièce, je me retrouvai couvert de sueur. Il devait faire au moins trente-cinq degrés là-haut. Adrien s'était arrêté derrière moi en regardant autour de lui.
– Ce n'est qu'un tas de vieilleries. Qu'est-ce qu'il pourrait y avoir de si intéressant ?
– Tu verras, répondis-je mystérieusement.
– Par ici, indiqua Jérémie, tout excité, en courant vers la porte dérobée.
Dans son agitation, il laissa tomber sa balle devant lui, marcha dessus par inadvertance et s'étala de tout son long.
– J'ai fait exprès ! cria-t-il en se relevant aussitôt.
Adrien se tourna vers moi et se mit à rire.
– Il est en caoutchouc, ton frère !
– Tomber par terre, c'est ce qu'il préfère ! Il fait ça environ cent fois par jour.
Et je n'exagérais pas !
Quelques secondes plus tard, on était tous les trois dans la petite pièce, face au miroir. Même s'il faisait beau dehors, il faisait toujours aussi sombre là-dedans.
Adrien regarda le miroir, puis moi, l'air complètement égaré.

– C'est ça, que tu avais tellement envie de me montrer ?
– Ouais.
– Depuis quand tu t'intéresses aux meubles ?
– C'est un miroir qui en vaut le coup, non ?
– Non, pas du tout.
Jérémie éclata de rire. Il lança sa balle, puis il la rattrapa de la main gauche.
Je faisais exprès de prendre tout mon temps. Adrien allait avoir la surprise de sa vie, mais je voulais d'abord le faire mariner. C'est sa tactique avec moi : faire comme s'il savait tout et accepter de partager ses connaissances avec moi, si je me conduis bien. Eh bien, là, c'était moi qui savais quelque chose qu'il ignorait. Alors, j'avais très envie de faire durer le moment. Mais en même temps, j'étais impatient de voir sa tête quand j'allais disparaître sous ses yeux.
Il commença à râler.
– On s'en va ! Il fait trop chaud ici. J'ai apporté mon vélo. Pourquoi on n'irait pas au square, retrouver des copains ?
– Tout à l'heure, répondis-je, l'air mystérieux. Alors, Jérémie, on lui montre notre secret ou pas ?
Mon frère sourit en haussant les épaules.
– Quel secret ? fit Adrien, qui ne supporte pas d'être tenu à l'écart de quoi que ce soit. Alors, quel secret ? répéta-t-il.
– Allez, montre-lui, dit Jérémie, rejouant avec sa balle.
Je me frottai le menton, comme si j'hésitais.

– Bon... d'accord !
Je demandai à Adrien de se mettre derrière moi.
– Regarde bien ! conseilla Jérémie.
– Je regarde, je regarde, répliqua celui-ci avec impatience.
– Je te parie que je peux disparaître sans laisser de traces !
– Oui. C'est ça ! marmonna-t-il.
Jérémie se mit à rire.
– Combien tu veux parier ?
– Cinq cents, répondit Adrien. C'est un miroir truqué ?
– Quelque chose comme ça. Cinq dollars, ça te va ? Tu paries cinq dollars ?
– Hein ?
– Laisse tomber le pari. Montre-lui ! s'exclama Jérémie en bondissant d'impatience.
– À la maison, j'ai une boîte de prestidigitation, dit Adrien. Je peux faire des centaines de tours, mais c'est pour les gosses, ajouta-t-il avec mépris.
– Il n'y en a aucun qui ressemble à celui-là ! affirmai-je tranquillement.
– Alors, dépêche-toi pour qu'on puisse sortir après !
Planté devant le miroir, j'entonnai une petite marche triomphale.
– Tada-tada-tadadadam !
Puis je levai le bras pour attraper la chaîne.
Je tirai. La lampe au-dessus du miroir s'illumina, lueur aveuglante qui s'adoucit peu à peu.
Et je disparus.

– Eh ! cria Adrien.
Il recula en trébuchant, complètement sidéré.
Invisible, je me tournai vers lui pour profiter pleinement de sa réaction.
– Paul ? hurla-t-il tandis que son regard faisait frénétiquement le tour de la pièce.
Jérémie riait à perdre haleine.
– Paul ?
Adrien avait l'air plus que surpris.
– Paul ? Où es-tu passé ? Comment as-tu fait ça ?
– Je suis là.
Il fit un énorme bond en entendant ma voix. À ses côtés, Jérémie riait encore plus fort.
Je tendis le bras pour prendre la balle des mains de mon frère, et je jetai un coup d'œil au miroir. Elle semblait flotter dans l'air.
– Attrape, Adrien !
Je la lui lançai, mais il était tellement abasourdi qu'il ne fit pas un geste. La balle rebondit sur sa poitrine.
– Paul ? Comment tu as fait ça ? C'est quoi, le truc ?
– Y'a pas de truc. C'est pour de vrai.
– Eh, attends...
Son visage prit une expression soupçonneuse et il courut de l'autre côté du miroir : il s'attendait à me trouver caché là.
Déçu de ne pas me voir, il demanda :
– Alors, il y a une trappe ?
Accroupi devant le miroir, il se mit à palper les lames de parquet. J'en profitai pour me pencher et tirer son T-shirt par-dessus sa tête.

– Eh ! cria-t-il en se relevant d'un bond.

Je lui chatouillai le ventre.

– Arrête, Paul !

Il se tortilla pour m'échapper, essayant de me frapper au passage. Il avait l'air d'avoir très peur. Il respirait bruyamment et il était écarlate.

De nouveau, je tirai sur son T-shirt. Il le rabattit aussitôt.

– Tu es vraiment in... invisible ? Vraiment ?

Sa voix était suraiguë.

– C'est un bon truc, hein ? lui murmurai-je à l'oreille.

Il s'écarta brusquement.

– Ça fait quel effet ? Bizarre ?

Je ne répondis rien. Sortant de la pièce, j'allai chercher un carton dans le grenier, pour le porter devant le miroir. Ça avait beaucoup d'allure, ce carton qui flottait tout seul.

– Pose ça, ordonna Adrien, d'un air terrifié. Tu me fiches la trouille, Paul. Arrête, d'accord ? Reviens, je veux te voir !

J'avais très envie de le torturer encore, mais je voyais qu'il était sur le point de craquer. En plus, je me sentais à nouveau dans un drôle d'état. La tête trop légère et pleine de vertiges. Et la lumière intense me brûlait les yeux, aveuglante.

– D'accord, je reviens ! Regarde !

Appuyé contre le miroir, je tendis le bras pour attraper la chaîne. Brusquement, je me sentis très fatigué,

très faible. Il fallait que je mobilise toutes mes forces pour que ma main la saisisse.
Je ressentais l'impression étrange que le miroir cherchait à m'aspirer, en m'empêchant de bouger.
Rassemblant toute mon énergie, je tirai sur la chaîne.
La lampe s'éteignit. La pièce s'assombrit.
– Où es-tu ? Je ne te vois toujours pas ! criait Adrien d'une voix paniquée.
– T'affole pas ! Il y en a pour quelques secondes, expliquai-je. Plus tu restes invisible, plus il te faut de temps pour revenir. Du moins, c'est ce que je crois.
Fixant le miroir vide, attendant le retour de mon reflet, je réalisai soudain que j'ignorais tout de ce miroir, tout des disparitions et des réapparitions. Des questions terrifiantes se mirent à tourbillonner dans ma cervelle : pourquoi est-ce que j'étais sûr qu'on réapparaissait automatiquement ? Et si on ne pouvait réapparaître que deux fois ? Et si à la troisième, on restait définitivement invisible ? Et si le miroir était cassé ? Peut-être qu'on l'avait entreposé dans cette pièce parce qu'il ne fonctionnait pas et qu'il rendait les gens définitivement invisibles, justement ? Et si je ne réapparaissais plus jamais ?
Non, impossible.
Les secondes s'écoulaient. Et mon reflet était toujours absent. Je touchai le miroir, caressant du plat de la main la glace fraîche et lisse.
– Paul, pourquoi est-ce que c'est aussi long ? demanda Adrien d'une voix tremblante.

– Je... je ne sais pas.
J'avais aussi peur que lui.
Et puis brusquement, je réapparus. J'examinai attentivement mon reflet dans le miroir, soulagé, et je me décochai un grand sourire.
– Tadadadam ! Me voili-me voilà !
Triomphant, je me tournai vers mon copain, encore tout chamboulé.
– Eh bien ! s'exclama-t-il, bouche bée de surprise. Dis donc ! C'est incroyable !
– Je sais. Impressionnant, non ? dis-je en faisant mine de le boxer.
Je ne voulais pas montrer que je tremblais des pieds à la tête. J'avais les jambes flageolantes et j'étais couvert de sueur. Mais je voulais profiter pleinement de mon moment de gloire. Pour une fois que je faisais quelque chose avant Adrien !
– Incroyable ! répéta-t-il en fixant le miroir. Il faut que j'essaie !
– Euh !...
Je n'étais pas tout à fait d'accord. Et si jamais ça tournait mal ?
– Tu dois me laisser essayer ! insista-t-il.
– Eh, où est Jérémie ?
Des yeux, je fis le tour de la petite pièce.
– Jérémie ? appela Adrien.
– J'étais tellement occupé à être invisible que je l'ai oublié, dis-je. Eh ! Jérémie ?
Pas de réponse.
– Jérémie ?

Silence.
Je fis rapidement le tour du miroir. Personne. Sans cesser de l'appeler, je m'avançai dans le grenier. Pas trace de mon frère.
– Il était là. Juste devant le miroir, dit Adrien soudain tout pâle.
– Jérémie ? Tu es là ? Tu m'entends ?
Silence.
– Bizarre, remarqua Adrien.
J'avalai ma salive avec difficulté. J'avais l'impression d'avoir une pierre dans la bouche.
– Il était là, juste là, répéta Adrien d'une voix chevrotante.
– Peut-être, mais il n'y est plus.
Je contemplais le miroir sombre.
Jérémie avait disparu.

– Peut-être que Jérémie est devenu invisible, lui aussi ? suggéra Adrien.
– Alors, pourquoi il ne nous répond pas ? m'inquiétai-je en appelant encore mon frère. Jérémie, tu es là ? Tu m'entends ?
Pas de réponse. Je m'approchai du miroir et je tapai avec colère sur le cadre.
– Crétin de truc !
– Jérémie ? Jérémie ?
Adrien, les mains en porte-voix, criait dans le grenier.
– Je n'y crois pas, dis-je d'une voix faible.
J'avais les jambes tellement tremblantes que je me laissai glisser à terre.
Et là, j'entendis ricaner.
– Eh ? Jérémie ?
Je sautai sur mes pieds.
Un nouveau ricanement. Venant de l'intérieur du carton que j'avais porté dans la petite pièce. Je me

précipitai dessus au moment où Jérémie en surgissait.
– Je vous ai bien eus ! s'exclama-t-il.
Et renversé sur le carton, mort de rire, il se mit à tambouriner le sol.
– Je vous ai eus ! Je vous ai bien eus !
– Pauvre imbécile ! hurla Adrien, en fermant les poings.
– Tu mérites une bonne correction.
– Il faudrait déjà m'attraper ! cria Jérémie en courant vers la porte.
Je me lançai à sa poursuite, mais trébuchant sur une pile de vieux vêtements, je m'étalai la tête la première.
– Ouille !
Je m'étais cogné la jambe. La douleur m'envahit, fulgurante.
Me relevant lentement, je repris la poursuite, lorsque des voix dans l'escalier m'arrêtèrent en plein élan.
Je vis d'abord la tête de Sophie, puis celle de Marie. Jérémie, lui, s'était assis sur le rebord de la fenêtre, de l'autre côté du grenier, suant et soufflant.
– C'est ta mère qui nous a conseillé de monter, expliqua Sophie, en nous dévisageant à tour de rôle.
– Qu'est-ce que vous fabriquez, les gars ? demanda Marie.
– Oh... rien de spécial.
Je lançai un sale œil à mon frère, qui me répondit en me tirant la langue.
Marie prit un vieux *Match* sur une pile de journaux

jaunis et elle commença à le feuilleter. Les pages s'effritaient sous ses doigts.
– Beurk, dit-elle en le reposant, c'est trop vieux, ce truc.
– C'est à ça que servent les greniers. Sûrement pas à entreposer des trucs neufs.
Je commençais à me sentir un peu plus normal.
– Où est le miroir ? demanda Sophie. Celui qui provoquait cette drôle d'illusion d'optique, l'autre samedi.
– Ce n'était pas une illusion d'optique, articulai-je.
Je n'avais plus envie de toucher à ce miroir ; j'avais eu assez d'émotions pour la journée, mais les mots m'avaient échappé malgré moi. C'est mon point faible : je suis incapable de garder un secret.
– Comment ça ?
Sophie, très intéressée, se dirigea vers la petite porte dérobée.
– La semaine dernière, ce n'était pas une illusion d'optique ? ajouta Marie en la suivant.
– Non, pas vraiment.
Je jetai un coup d'œil à Jérémie, toujours assis sur son rebord de fenêtre.
– Ce miroir a des pouvoirs étranges. Il peut vraiment vous faire disparaître.
Marie se mit à rire d'un air méprisant.
– Ouais, d'accord. Et moi, je vais m'envoler pour Mars dans une soucoupe volante dès ce soir.
Sophie ne me quittait pas des yeux. Visiblement, elle n'arrivait pas à se convaincre que je ne plaisantais pas.

– Tu as l’air sérieux, mais...
Marie ne lui laissa pas le temps de finir sa phrase.
– C’est un miroir truqué. C’est tout ! La lumière en haut est tellement brutale qu’elle rend les yeux bizarres.
– Montre-nous, Paul ! demanda Sophie.
– Ouais, montre-leur ! s’exclama Jérémie avec enthousiasme.
Il bondit du rebord de la fenêtre.
– Ou plutôt, laisse-moi y aller !
– Pas question !
– Moi, je voudrais essayer, proposa Sophie.
Je l’interrompis.
– Au fait, vous savez qui est ici ? Adrien !
Je l’appelai à voix haute.
– Adrien ! Sophie veut devenir invisible ! Tu crois qu’on la laisse faire ? Adrien ! répétai-je en entrant dans la petite pièce.
– Où se cache-t-il ? s’étonna Sophie.
Mon cœur rata un battement. La lumière du miroir était allumée et Adrien avait disparu.

10

– Oh ! Non ! Ce n'est pas vrai !
Jérémie déclara dans un grand éclat de rire :
– Adrien est devenu invisible !
– Adrien, où es-tu ? criai-je, furieux.
Brusquement, la balle de Jérémie lui fut arrachée des mains.
– Eh ! Rends-moi ça ! hurla-t-il.
Mais Adrien l'invisible la tenait hors de sa portée.
Marie et Sophie regardaient la balle flotter, les yeux écarquillés, bouche bée.
– Hello, les filles ! les salua Adrien d'une voix de basse, qui semblait flotter, elle aussi.
Marie cria en agrippant le bras de Sophie.
– Adrien, arrête de faire l'idiot ! Depuis combien de temps es-tu invisible ? lui demandai-je.
– Je ne sais pas.
La balle vola vers Jérémie qui la manqua.
– Depuis combien de temps, Adrien ? répétai-je.

– Cinq minutes environ. Quand tu t'es mis à poursuivre Jérémie, j'ai allumé la lumière et j'ai disparu. Ensuite, je t'ai entendu discuter avec Sophie et Marie.
– Tu es invisible depuis tout ce temps-là ?
J'étais très inquiet, n'arrivant pas à chasser un mauvais pressentiment.
– Ouais ! C'est génial ! s'exclama-t-il, puis, d'une voix plus calme, il reprit :
– Mais là, je commence à me sentir tout drôle, Paul.
– Drôle ? répéta Sophie en fixant l'endroit d'où venait la voix d'Adrien. Drôle comment ?
– Genre vertige, répondit Adrien d'une voix faible. Tout se brouille, tu sais, comme quand la télé est mal réglée. J'ai l'impression que je recule, que je vais disparaître...
– Je te ramène.
Et sans attendre sa réponse, je tirai sur la chaîne de la lampe.
La lumière s'éteignit. Les ténèbres envahirent la pièce, drapant le miroir d'ombres grises.
– Où est-il ? cria Marie. Ça n'a pas marché. Il n'est pas là.
– Ça prend toujours un peu de temps, répliquai-je.
– Combien ?
– Je ne sais pas exactement.
– Pourquoi je ne suis pas revenu ? demanda Adrien. Je ne me vois pas !
Il était tout à côté de moi, je sentais son souffle sur ma nuque. À l'entendre, il n'était pas rassuré.

– Ne t'affole pas ! dis-je en me forçant moi-même au calme. Tu sais que ça prend un certain temps. Surtout que tu es resté invisible un long moment...
– Oui, mais quand même, gémit-il. Maintenant, je devrais être revenu. Toi, il ne t'a pas fallu autant de temps, je m'en souviens bien.
– Ne t'énerve pas !
C'était tout ce que je trouvais à dire, même si j'avais la gorge sèche et les jambes en compote.
– Ça fait trop peur. Je déteste ça ! cria Marie.
– Sois patient, répétai-je doucement. Il faut que tout le monde soit patient.
On regardait tous l'endroit où il nous semblait qu'Adrien allait apparaître.
– Adrien, comment tu te sens ? s'inquiéta Marie.
– Bizarre ! Comme si je n'allais jamais revenir.
– Ne dis pas des choses pareilles !
– Mais c'est ce que je ressens, répondit-il d'une voix lointaine. Comme si je n'allais jamais réapparaître.
– Du calme. Tout le monde, du calme.
On ne bougeait plus. On attendait.
On attendait.
Jamais, je n'eus aussi peur.

11

– Fais quelque chose, Paul ! implora Adrien. Je t'en prie !

– Je... je vais chercher maman, bégaya Jérémie en courant vers la porte.

– Arrête ! Qu'est-ce que tu veux qu'elle y fasse ? J'étais paniqué.

– Mais il faut bien aller chercher quelqu'un ! répliqua-t-il.

Au même moment, Adrien réapparut enfin.

– Ouaouh ! cria-t-il en poussant un énorme soupir de soulagement et en s'effondrant par terre.

– Ouais ! s'exclama joyeusement Sophie, en tapant dans ses mains, tandis que nous nous rassemblions tous autour de lui.

– Comment tu te sens ?

Je l'attrapai par les épaules, parce que j'avais besoin de le toucher pour être sûr qu'il était vraiment revenu.

– Je suis là ! déclara-t-il, rassuré. Il n'y a que ça qui compte !
– Ça faisait vraiment peur ! dit Marie d'une petite voix, les poings enfoncés dans les poches de son short blanc.
– Moi, je n'ai pas eu peur ! Je savais qu'il n'y avait aucun problème, affirma Adrien, changeant radicalement de ton.
Je n'en revenais pas. Incroyable ! Il y a quelques secondes, il se plaignait et gémissait, me suppliant de faire quelque chose. Et la seconde d'après, il prétendait avoir vécu le meilleur moment de sa vie. Monsieur le frimeur !
– Ça faisait quel effet ? demanda Sophie en posant une main sur le cadre de bois.
– Terrible, répondit Adrien en se relevant lentement. Absolument génial ! Il faut que je recommence avant lundi pour pouvoir espionner dans le vestiaire des filles !
– Adrien, tu es infect ! s'exclama Sophie, écœurée.
– À quoi ça sert d'être invisible, si ce n'est pas pour épier les filles ?
– Tu es sûr que tu te sens bien ?
J'étais sincèrement inquiet.
– Tu m'as l'air assez patraque.
– C'est vrai qu'à la fin, je me sentais un peu bizarre, avoua Adrien en se frottant le crâne.
– C'est-à-dire ?
– J'avais l'impression qu'une force me tirait. Qu'elle m'entraînait hors de la pièce. Loin de vous.

– Qu'elle t'entraînait où ?
Il haussa les épaules.
– Je ne sais pas. En revanche, il y a une chose que je sais, ajouta-t-il en souriant, tandis que ses yeux bleus s'éclairaient.
« Qu'est-ce qu'il va encore nous sortir ? » pensai-je.
– Une chose que je sais, répéta-t-il. C'est moi, le champion du miroir. J'ai tenu plus longtemps que toi. Au moins cinq minutes. Plus longtemps que vous tous.
– Mais, moi, je n'ai pas essayé ! protesta Sophie.
– Moi, je ne *veux* pas essayer ! déclara Marie.
– Poule mouillée ! répliqua Adrien.
– Je pense que vous êtes complètement idiots, répondit aussitôt Marie. Ce n'est pas un jouet, ce miroir. Vous ne savez rien de lui. Vous ne savez même pas si ça fait quelque chose sur votre corps.
Adrien tambourina des deux poings sur sa poitrine, comme un gorille :
– Je me sens très bien ! Je suis tout prêt à y retourner, et même plus longtemps !
– Moi aussi, je veux devenir invisible et faire des farces aux gens, s'écria Jérémie, plein d'enthousiasme. Je peux le faire maintenant, Paul ?
– Je... je ne crois pas...
J'étais en train de penser à ce que Marie avait dit. Elle avait peut-être raison : ce miroir n'était pas un jouet, il pouvait être dangereux, et après tout, on n'y connaissait rien.
– Il faut que Paul y retourne, déclara Adrien en m'envoyant une telle bourrade dans le dos que je

faillis tomber sur la glace. Tu dois battre mon record. À moins que toi aussi, tu n'aies la frousse ? ajouta-t-il avec un grand sourire.

– Pas du tout ! Je me dis juste que...

– Toi aussi, tu es une poule mouillée, me coupa Adrien en riant avec mépris. Il se mit à glousser bruyamment, battant des bras comme un poulet.

– Moi, je n'ai pas peur. Laisse-moi y aller, je peux battre Adrien, demanda Jérémie.

– Hé ! Oh ! Les gars ! C'est mon tour, réclama Sophie. Vous, vous y avez tous été. Et moi, pas une seule fois !

– D'accord, dis-je en haussant les épaules. D'abord, Sophie. Ensuite, moi.

J'étais content que Sophie ait tellement envie de disparaître. Moi, je ne me sentais pas prêt. Pour être honnête, je n'étais pas du tout dans mon assiette.

Sophie et Jérémie applaudirent, Marie grommela en levant les yeux au ciel, tandis qu'Adrien faisait un grand sourire.

« Ce n'est pas si compliqué, me dis-je pour me rassurer. Je l'ai déjà fait trois fois. C'est absolument indolore. Et si on reste calme et patient, on se récupère exactement comme avant. »

– Qui a une montre ? demanda Sophie. Il faut regarder l'heure pour savoir si je bats le record.

Sophie entrait à fond dans la compétition. Jérémie aussi. Sans parler d'Adrien, qui est toujours prêt à se battre partout.

Seule Marie n'appréciait guère cette histoire.

Elle avait traversé la pièce sans rien dire et était venue s'asseoir dos au mur, les bras autour des genoux.

– Tu es la seule à avoir une montre, Marie, dit Sophie. C'est toi qui chronomètres.

Marie hocha la tête sans enthousiasme. Le poignet levé, elle fixa le cadran :

– Très bien. Tiens-toi prête.

Sophie inspira profondément en s'approchant du miroir. Elle ferma les yeux, tendit le bras et tira sur la chaîne de la lampe.

Le miroir s'illumina et elle disparut.

– Ouah ! C'est génial !

– Comment te sens-tu ? demanda Marie, dont les yeux passaient sans arrêt de sa montre au miroir.

– Absolument comme d'habitude. Aucune différence !

– Quinze secondes, annonça Marie.

Sophie avait dû s'approcher de Jérémie, car brusquement, les cheveux de mon frère se dressèrent tout droit sur sa tête.

– Arrête ça ! cria-t-il en échappant à ses mains invisibles.

Le rire de Sophie résonna, tout proche. Ensuite, elle passa dans le grenier. Un vieux manteau, soulevé dans les airs, se mit à danser, puis il retomba dans son carton. Peu après, un journal s'envola, à son tour, et ses pages se feuilletèrent à toute vitesse.

– Qu'est-ce que c'est rigolo ! s'exclama Sophie en le reposant sur l'étagère. Il faut absolument que je sorte pour faire peur aux gens dans la rue !

– Une minute, annonça Marie, sans bouger de sa place.
Sophie se promena un petit moment, faisant planer différents objets ici et là. Puis elle revint s'admirer devant le miroir.
– Je suis vraiment invisible ! s'extasia-t-elle d'une voix rêveuse. Comme dans un film !
– Trois minutes, annonça Marie.
Sophie continuait à s'amuser, atteignant presque les quatre minutes, quand, brusquement, sa voix changea. Elle avait l'air effrayée, inquiète.
– Ça ne me plaît pas, je me sens toute bizarre.
Marie se précipita vers moi d'un bond.
– Ramène-la ! exigea-t-elle. Dépêche-toi !
J'hésitai.
– Oui, ramène-moi, demanda Sophie faiblement.
– Mais tu n'as pas battu mon record ! dit Adrien. T'es sûre que... ?
– Oui, s'il te plaît. Je ne me sens pas bien.
On avait l'impression qu'elle s'éloignait.
Je m'approchai du miroir et tirai sur la chaîne. La lumière s'éteignit.
L'attente commença.
– Comment te sens-tu ? demandai-je à Sophie, sans pouvoir m'empêcher de compter les secondes.
– Simplement bizarre.
Elle était tout à côté de moi, mais je ne la voyais pas encore.
Il lui fallut près de trois minutes pour redevenir visible. Trois minutes très tendues. Dès qu'elle

réapparut, elle se secoua comme un chien qui sort de l'eau, puis nous décocha un sourire rassurant.
– Ça va. C'était vraiment bien. Sauf à la fin.
Adrien était ravi.
– Tu n'as pas battu mon record. Tu as failli, mais tu as craqué. Tu n'es rien qu'une fille.
– Qu'est-ce que tu peux être bête ! s'écria Sophie en lui filant une bonne bourrade.
– Peut-être mais il te restait quinze secondes, et tu t'es dégonflée ! insista Adrien.
– Ça m'est égal, répliqua Sophie en colère. Il ne fallait pas insister. Je te battrai la prochaine fois.
– C'est moi qui vais gagner, fanfaronna Jérémie. Je vais rester invisible toute une journée. Peut-être même deux !
Je commençai à en avoir assez :
– Du calme ! Ça pourrait être très dangereux !
– C'est à ton tour, Paul, annonça Adrien. À moins que tu y renonces.
– Pas question, dis-je en regardant Sophie.
À contrecœur, je m'avançai vers le miroir.
– Allez, Adrien, dis adieu à ton record !
J'essayai d'avoir l'air tranquille. Je n'avais aucune envie de disparaître, mais je ne voulais surtout pas passer pour un lâche. Et si je me dégonflais, je savais que Jérémie me le rappellerait entre vingt et trente fois par jour pendant le reste de mon existence. Donc, il fallait que j'y aille.
– Écoute, ordonnai-je à Adrien. Quand je crierai « prêt », ça voudra dire que je veux revenir. Alors, tu

tireras sur la chaîne de la lampe aussi vite que tu pourras, d'accord ?

– D'accord, répondit Adrien d'un air sérieux. Ne t'inquiète pas. Je te ramènerai aussitôt. Comme ça, ajouta-t-il en claquant des doigts. Souviens-toi, Paul, tu dois dépasser les cinq minutes.

– D'accord. J'y vais ! dis-je sans quitter mon reflet des yeux.

Tout à coup, j'eus un mauvais pressentiment. Vraiment mauvais.

Mais je tirai quand même sur la chaîne et la lampe s'alluma.

12

La lumière éblouissante s'atténua peu à peu, je pus observer le miroir. Tout s'y reflétait clairement. Je voyais Marie, pelotonnée sur le sol, les yeux fixés sur sa montre. Jérémie, à droite, contemplait avec un sourire idiot l'endroit d'où je venais de disparaître. Adrien, à ses côtés, regardait dans la même direction, les bras croisés. Quant à Sophie, à gauche contre le mur, elle observait la lumière au-dessus du cadre.

Et moi, j'étais où ?

Nulle part ! Bien que je sois devant le miroir, en plein milieu, il n'y avait rien ! Et pourtant, je me sentais parfaitement normal.

– Salut, tout le monde !

J'avais la même voix que d'habitude. Seulement, j'étais invisible.

Je regardai la lumière qui projetait un rectangle jaune sur le miroir. D'où tirait-elle ce pouvoir ?

Est-ce qu'elle modifiait nos molécules ? En les pulvérisant jusqu'à ce qu'elles deviennent invisibles ?
Non, ce n'était pas la bonne théorie. Si mes molécules étaient pulvérisées, je le sentirais. Et je ne pourrais pas bouger, ni parler.
Alors, elle faisait quoi, cette lumière ? En tout cas, une chose était sûre : elle n'agissait que si l'on se trouvait bien face au miroir. Mais comment ?
Quel mystère ! J'étais convaincu que je ne le percerais jamais, que je n'aurais jamais la réponse.
Je détournai le regard, car la lumière commençait à me blesser. Je fermai les yeux, mais cela ne changea rien. Deux ronds blancs refusaient de partir.
– Comment te sens-tu, Paul ? demanda Sophie interrompant mes pensées.
– Ça va.
Ma voix me parut bizarre, comme lointaine.
– Quatre minutes, trente secondes, annonça Marie.
– Le temps a passé vite, constatai-je.
La lumière jaune brillait encore plus violemment. J'eus brusquement l'impression qu'elle me tombait droit dessus, qu'elle m'enveloppait. Qu'elle me tirait.
– Je... je me sens bizarre.
Pas de réponse.
Est-ce qu'ils m'avaient entendu ?
La lumière se rabattait autour de moi.
Je me sentais flotter, mais c'était effrayant, parce que je perdais le contrôle de mon corps.

– Prêt ! hurlai-je. Adrien ?... Prêt ! Tu m'entends, Adrien ?
Adrien mit des siècles à me répondre.
– D'accord.
Il avait une voix à peine audible, très lointaine. À des kilomètres de moi.
– Prêt ! Prêt ! je m'égosillai.
La lumière était terriblement vive, aveuglante. J'étais submergé comme si j'allais me noyer.
– Tire sur la chaîne, Adrien !
J'avais l'impression de crier, mais est-ce que je criais vraiment ?
La lumière était de plus en plus violente, elle m'emportait loin, très loin. Je ne pouvais plus bouger. Je flottais.
Pour toujours.
Sauf si Adrien tirait sur la chaîne pour me ramener.
– Tire ! Tire ! Je t'en prie, tire !
– Mais oui !
Je vis Adrien s'approcher du miroir. Il était plongé dans l'ombre. De l'autre côté de la lumière, ce n'était qu'un monde d'ombres.
Tellement lointain.
Je me sentais léger comme une plume.
Adrien bondit pour attraper la chaîne. Il tira dessus avec force.
La lumière ne s'éteignit pas. Elle brillait même encore plus violemment.
Et le visage d'Adrien se figea d'horreur. Le bras tendu, il me montrait quelque chose.

La chaîne. Elle lui était restée dans la main.
– Paul, la chaîne... bégaya-t-il. Elle est cassée. Je ne peux plus éteindre !

13

Au-delà du mur éblouissant de lumière jaune, je distinguai bien la main tendue d'Adrien. La chaîne pendait comme un serpent mort.

– Elle est cassée ! criait-il, complètement affolé.

Je me sentais flotter de plus en plus loin de lui. Quelque part, ailleurs, Marie hurlait. Je ne comprenais pas ses paroles.

Jérémie était pétrifié au milieu de la pièce. C'était étrange de le voir aussi immobile. Lui qui est toujours en mouvement, toujours en train de sauter, de courir, de tomber. Il restait là, figé, les yeux fixés sur la chaîne.

La lumière devenait de plus en plus violente.

Je perçus un mouvement brusque. Quelqu'un traversait la pièce. Je me crispai pour voir.

C'était Sophie. Elle tirait un gros carton par terre. Le bruit que cela faisait était à des années-lumière de moi. De toutes mes forces, j'essayai de ne pas me laisser entraîner et de la regarder agir. Après avoir poussé le carton contre le miroir, elle l'escalada. Je la vis tendre le bras vers la lampe et chercher quelque chose dans la lumière aveuglante.

J'aurais bien aimé lui demander ce qu'elle était en train de faire, mais j'étais trop loin, trop faible. Je flottais. Je me sentais léger, léger comme un bouchon emporté par une vague.

La lumière jaune m'enveloppait, m'attirait à elle.

Et puis, brutalement, ce fut l'obscurité.

– J'ai réussi ! cria Sophie.

Je l'entendis expliquer :

– Il restait un petit bout de chaîne. J'ai pu tirer dessus pour éteindre.

Ses yeux firent frénétiquement le tour de la pièce.

– Paul, ça va ? Tu m'entends ?

– Oui, ça va ! répondis-je.

Je me sentais mieux. Plus fort. Plus proche. Je me tournai vers le miroir à la recherche de mon reflet.

– J'ai eu une de ces peurs ! dit Jérémie derrière moi.

– Je sens que je suis en train de revenir, déclarai-je.

– Il a tenu combien de temps ? demanda Adrien.

Marie, assise contre le mur, était toute pâle.

– Cinq minutes quarante-huit, répondit-elle. Je suis sûre que cette compétition idiote est très dangereuse.

– Tu m'as battu ! grommela Adrien en se tournant vers l'endroit où il pensait que je me trouvais. Je ne peux pas y croire ! Presque six minutes !

– Moi, je vais rester plus que ça ! se vanta Jérémie en se campant devant le miroir.

– Avant, il faut réparer la chaîne, lui rappela Sophie. C'est trop difficile de grimper sur un carton pour attraper le petit bout qui reste.
– À la fin, je ne me sentais pas très bien, déclarai-je, attendant toujours de réapparaître. La lumière était de plus en plus vive.
– Tu n'avais pas l'impression qu'on te tirait ? demanda Sophie.
– Oui, comme si j'allais disparaître.
– C'est ce que j'ai ressenti, moi aussi !
– C'est trop dangereux ! s'exclama Marie en secouant la tête.
Brusquement, je réapparus. Les jambes tremblantes, je faillis m'étaler. Mais je me retins au miroir. Au bout de quelques secondes, mes jambes avaient retrouvé leur force et je réussis à faire quelques pas.
– Et si on n'avait pas pu éteindre la lampe ? Si la chaîne s'était cassée complètement ? Qu'est-ce qui se serait passé ? Hein ? interrogea Marie en se relevant et en brossant la poussière de son short d'un revers de main.
Je haussai les épaules.
– Je n'en sais rien.
– Tu m'as battu, dit Adrien avec une moue dégoûtée. Il faut que je recommence.
– Pas question ! cria Jérémie. Maintenant, c'est à moi !
– Personne ne m'écoute ! se fâcha Marie. Répondez-moi ! Si la lumière refuse de s'éteindre pendant que l'un d'entre nous est invisible, que se passera-t-il ?

– Ça n'arrivera pas ! répliqua Adrien en tirant une ficelle de sa poche et en montant sur le carton. Regarde, je vais accrocher ça solidement à la chaîne. Pas de problèmes. Tu tires sur la ficelle et la lumière s'éteint.
– Lequel d'entre nous sera le premier à sortir dehors en étant invisible ? demanda Sophie.
– Moi, je veux aller à l'école pour terroriser ma maîtresse, dit Jérémie en ricanant. Ce serait génial de me glisser discrètement derrière elle en lui disant : « Bonjour, Mademoiselle Charpentier. » Elle se retournerait et hop, il n'y aurait personne derrière elle !
– Tu ne peux pas trouver mieux ? se moqua Sophie. Où as-tu mis ton imagination ? Tu ne veux pas lui arracher la craie des mains, faire voler l'éponge d'un bout à l'autre de la classe, et pour finir renverser tout le contenu de la poubelle sur son bureau ?
– Alors, là, ce serait extraordinaire ! approuva Jérémie, emballé.
Je me mis à rire. Ce serait amusant de se balader tous les cinq, complètement invisibles, et de faire tout ce qui nous passerait par la tête. On pouvait dévaster l'école en dix minutes ! Tout le monde hurlerait, tout le monde s'enfuirait ! Quelle rigolade !
– Mais on va pas le faire maintenant ! dit Jérémie en interrompant mes pensées. Parce que c'est à moi de battre le record.
Il se tourna vers Marie, toute crispée à côté de la porte, en train de se tripoter une mèche de cheveux.

– Tu es prête ?
– Oui, répondit-elle en soupirant.
Jérémie me repoussa pour s'installer devant le miroir. Il contempla son reflet, puis tendit la main vers la ficelle.

14

– Jérémie ! Jérémie ! cria quelqu'un.
Surpris par cette interruption, je sursautai de frayeur. Jérémie s'éloigna du miroir.
– Jérémie, dis à ton frère que ses copains doivent partir ! C'est l'heure de dîner ! Pé et Mé sont là et ils meurent d'envie de vous voir !
C'était maman qui nous appelait d'en bas.
– D'accord, Maman ! On descend tout de suite !
J'avais répondu vite fait parce que je ne voulais surtout pas qu'elle monte.
– Mais c'est pas juste ! se lamenta Jérémie. Je loupe mon tour !
Il se rapprocha du miroir et saisit la ficelle avec colère.
– Lâche ça ! dis-je sévèrement. Il faut qu'on descende. Et tout de suite. Tu veux peut-être que l'un des parents vienne et voie le miroir, hein ?

– D'accord, d'accord, grommela-t-il. Mais la prochaine fois, j'irai en premier.
– Et ensuite moi, ajouta Adrien en se dirigeant vers la porte. Il faut que je puisse te battre, Paul.
J'essayai de leur faire la leçon en descendant l'escalier :
– Maintenant, plus un mot sur ce sujet. Parlez d'autre chose. Personne ne doit être au courant de quoi que ce soit.
– On peut revenir demain? On continuera le concours, demanda Sophie.
– Moi, demain, je suis prise, dit Marie.
– Demain, ce n'est pas possible. On est invités chez nos cousins, à la campagne.
Je n'avais d'ailleurs aucune envie d'y aller. Mes cousins ont un énorme chien de berger dont le plus grand plaisir est de se rouler dans la boue avant de me sauter dessus. Ce n'est pas exactement le genre de distraction que j'apprécie.
Adrien proposa:
– On n'a pas classe mercredi. On pourrait se retrouver ici.
– On verra, répondis-je.
Nous étions arrivés dans l'entrée et tout le monde se tut. Mes grands-parents et mes parents étaient déjà à table. Pé et Mé tiennent à dîner à l'heure. Si on leur sert à manger une minute en retard, ça les rend hargneux pour le reste de la soirée.
J'ai raccompagné mes copains en vitesse, tout en leur rappelant de ne pas dire un mot à quiconque de

ce que nous avions fait. Adrien insistait pour savoir si on pourrait recommencer mercredi matin et je lui avouai que je n'étais pas sûr d'en avoir envie. Devenir invisible, c'était très excitant, mais ça me rendait extrêmement nerveux.

Adrien me supplia. Il ne pouvait pas attendre : il voulait battre mon record. Pour lui, ne pas être le champion, c'est insupportable !

Je refermai la porte et je me précipitai dans la salle à manger. Mes grands-parents étaient déjà en train d'avaler leur soupe.

– Bonjour, Mé. Bonjour, Pé.

Je fis le tour de la table pour les embrasser. Mé sentait l'orange et sa joue était toute douce.

Je les appelle Pé et Mé depuis que je suis tout petit. Maintenant, ça fait un peu idiot de continuer à leur donner ces noms, mais je n'ai pas le choix ! Même entre eux, ils s'appellent ainsi !

Je ne me sentais guère d'humeur à bavarder. J'étais bien trop épuisé par ce que nous avions fait l'après-midi. Je n'avais qu'une envie : me retrouver tout seul pour y réfléchir. Revivre ces moments-là, retrouver ce que j'avais ressenti.

Très souvent, quand j'ai fait une chose amusante ou intéressante, j'aime bien monter dans ma chambre, m'allonger sur mon lit et y repenser. L'analyser. La découper dans tous les sens. Papa dit que j'ai un esprit scientifique. Je suis d'accord avec lui.

J'allai m'asseoir à ma place.

– Ta soupe doit être glacée maintenant, dit Mé en

faisant claquer sa langue d'un air désapprobateur. Il n'y a rien que je déteste davantage que la soupe froide. À quoi ça sert de manger de la soupe, si elle n'est pas bouillante ?
– Non, non ! C'est très bon, dis-je en avalant une cuillerée.
– Où est ton frère ? demanda soudain papa en regardant la chaise vide à côté de moi.
– Hein ?
Il m'avait fait sursauter. J'étais tellement absorbé par mes pensées que j'avais oublié Jérémie.
– Sa soupe va refroidir, dit Pé.
– Il va falloir la lui réchauffer, ajouta Mé en faisant de nouveau claquer sa langue.
– Alors, où est-il ? répéta papa.
Je haussai les épaules.
– Il était juste derrière moi tout à l'heure.
Je me tournai vers la porte de la salle à manger en hurlant :
– Jérémie ! Jérémiiiiiie !
– On ne crie pas à table ! me gronda maman. Va le chercher !
Je posai ma serviette, prêt à me lever. Mais avant de repousser ma chaise, je vis l'assiette de soupe de Jérémie monter dans les airs.
« Oh non ! » pensai-je.
J'avais tout de suite compris : mon crétin de frère s'était rendu invisible et maintenant il allait s'amuser à terrifier tout le monde.
L'assiette de soupe flottait. Je me levai pour l'at-

traper et la reposer aussi vite que possible tout en chuchotant :

– Sors d'ici !

– Qu'est-ce que tu dis ? demanda maman.

– Heu... J'ai dit que je vais sortir chercher Jérémie.

– Alors arrête d'en parler et vas-y ! lança-t-elle avec agacement.

Je me levai au moment où mon crétin de frère prenait son verre d'eau. Je me jetai dessus, mais mon geste fut trop brusque. Je le renversai et toute l'eau se répandit sur la table.

– Non mais c'est pas vrai ! s'écria maman.

Je remis le verre à sa place. Papa m'observait, les yeux pleins de colère. « Il sait, pensai-je aussitôt, pétrifié de terreur. Il a vu ce qui vient de se produire et il sait. Jérémie a tout gâché. »

15

Papa avait l'air furieux. Je m'attendais à ce qu'il me dise : « Pourquoi ton frère est-il invisible ? », mais au lieu de cela, il se mit à crier :

– Arrête de faire l'idiot, Paul. Je n'apprécie guère ton petit numéro. Va plutôt chercher ton frère !

Je me sentis brusquement soulagé. Il n'avait rien vu, rien compris. Il pensait simplement que je faisais l'imbécile.

Je traversai le salon à grandes enjambées et grimpai jusqu'au grenier.

– Jérémie ? chuchotai-je. J'espère que tu m'as suivi.

– Je suis là, répondit-il à mi-voix juste à côté de moi.

J'étais fou de rage :

– Qu'est-ce que c'est que cette idée ? Ne me dis pas que tu essaies de gagner ce concours stupide ?

Jérémie se fichait de ma colère. Il se mit à rire.

– Ferme-la ! murmurai-je. Tu es vraiment le roi des abrutis !

J'ouvris d'un coup sec la porte de la pièce au miroir.

– Tu ne comprends pas que t'as failli tout gâcher pour tout le monde ?
– Mais j'ai gagné ! annonça-t-il joyeusement.
La lampe en haut du miroir brillait, illuminant de jaune d'or la surface lisse.
J'étais stupéfait par le comportement de Jérémie. C'est un gamin égoïste, soit. Mais quand même, pas à ce point !
– Tu ne comprends pas dans quelles embrouilles tu aurais pu nous mettre ?
– J'ai gagné ! J'ai gagné !
C'était tout ce qu'il avait à dire.
– Comment ça ? Depuis combien de temps tu es invisible ?
Je m'approchai du miroir pour tirer sur la ficelle. La lumière s'éteignit, mais mes yeux restaient encore éblouis.
– Depuis que vous êtes descendus, fanfaronna-t-il.
– Ça fait presque dix minutes !
– C'est moi le champion !
Je fixais le miroir, attendant de le voir réapparaître.
– Le champion de la bêtise, oui. Tu n'as jamais rien fait d'aussi idiot !
Il ne répondit pas, puis il finit par demander d'une voix soucieuse :
– Pourquoi est-ce qu'il me faut autant de temps pour redevenir visible ?
Avant que j'aie le temps de répondre, papa cria d'en bas :
– Paul ? Vous êtes là-haut tous les deux ?

– Ouais. On descend !
– Qu'est-ce que vous fabriquez ? grogna mon père en commençant à monter l'escalier.
Je me précipitai pour l'arrêter.
– Excuse-moi, Papa. On arrive tout de suite.
Il s'immobilisa pour me regarder.
– Qu'est-ce qu'il y a donc de si intéressant là-haut ?
– Rien que des vieilleries, marmonnai-je. Rien, vraiment rien.
Jérémie apparut derrière moi, avec son air habituel. Papa repartit vers la salle à manger, veillant à ce qu'on le suive.
– C'était super ! s'exclama mon frère.
– Tu te sentais pas bizarre au bout d'un moment ?
Par prudence, je chuchotai, même si nous étions seuls.
– Si, vers la fin. Mais avant, c'était vraiment super. T'aurais dû voir ta tête quand j'ai fait voler l'assiette de soupe dans les airs !
Il se remit à rire, de ce rire idiot qui m'exaspère. Il commençait à me chauffer les oreilles et je l'attrapai par les épaules :
– Écoute-moi. Il faut que tu me promettes de ne pas remonter tout seul là-haut. Je suis sérieux. Pour devenir invisible, il faut qu'il y ait quelqu'un avec toi. Tu promets ? Ça peut devenir dangereux !
– D'accord, d'accord, dit-il en essayant de m'échapper. Je promets.
Je regardai ses mains. Il avait croisé les doigts.
Sophie m'appela tard dans la soirée. Il était près de

onze heures du soir. J'étais en pyjama, en train de lire au lit. Elle semblait très agitée. Elle ne prit même pas le temps de me dire bonjour. Elle commença à parler à cent à l'heure, une vraie mitraillette, avec sa petite voix de souris. J'avais du mal à la suivre.

– Quoi, le concours de sciences nat ?

J'éloignai l'écouteur de mon oreille, en espérant que je comprendrais mieux.

– Toutes les sixièmes de tous les collèges de la région vont y participer, expliqua Sophie hors d'haleine. Le premier prix, c'est une coupe en argent et un voyage au Futuroscope. Tu te souviens ?

– Oui. Et alors ?

Je ne voyais toujours pas où elle voulait en venir.

– Eh bien, il faut que tu apportes le miroir au collège ! Tu sais quoi ? Je te rends invisible, puis je te ramène. Ensuite, c'est mon tour. Voilà notre projet.

– Mais, Sophie...

– On va gagner ! reprit-elle sans m'écouter. C'est évident ! Qui pourrait faire mieux, hein ? Et on va devenir célèbres !

– Quoi ? Comment ça ?

– Mais oui ! On aura notre photo dans le journal !

– Sophie, tout ça ne me plaît pas tellement, avouai-je d'une voix douce.

– Hein ? Qu'est-ce qui ne te plaît pas ?

– De devenir célèbre. Je n'ai pas envie que le monde entier soit au courant pour le miroir.

– Pourquoi pas ? demanda-t-elle avec impatience. Tout le monde veut être célèbre. Et riche.

– Mais on nous prendra le miroir. C'est un objet fantastique, Sophie. Quel que soit son secret, c'est incroyable ! Et on va pas le laisser aux mains d'un môme !
– Mais il t'appartient !
– On le prendra quand même pour l'étudier. Les savants le voudront. Les gens du gouvernement le voudront. L'armée aussi. Ils pourraient sûrement s'en servir pour avoir des soldats invisibles...
– Ouais... marmonna Sophie pensivement.
– Alors, je ne sais pas. Il faut que j'y réfléchisse. Beaucoup. Et en attendant, ça doit rester secret.
– D'accord, dit-elle à regret. Mais pense au succès, Paul. On gagnerait, c'est sûr.
– Je vais y réfléchir.
– Au fait, Marie veut l'essayer, reprit Sophie.
– Hein ?
– Je l'ai convaincue. Je lui ai dit que ça ne faisait pas du tout mal. Alors, elle veut l'essayer mercredi. On recommence mercredi, non ?
– Je suppose, répondis-je à contrecœur. Puisque tout le monde en a envie.
– Génial ! Je suis sûre que je vais te battre !
– Le nouveau record à battre, c'est dix minutes.
Je lui racontai les exploits de Jérémie pendant le dîner.
– Ton frère est vraiment idiot, fit-elle observer.
Je lui dis que j'étais bien d'accord, puis la conversation s'arrêta là.
Cette nuit-là, encore impossible de fermer l'œil.

J'eus beau me retourner dans tous les sens, compter des moutons, tout : rien à faire ! Je fixais le plafond en pensant au miroir dans la petite pièce au-dessus. Vers trois heures du matin, complètement réveillé, je sortis pieds nus de ma chambre pour aller au grenier. Comme la fois précédente, je m'appuyai de tout mon poids sur la rampe pour empêcher les marches de craquer.

Arrivé dans la petite pièce, je tirai un carton devant le miroir et je m'assis.

J'observai mon reflet, attentivement. Puis je regardai derrière, au-delà de mon image. J'essayais de voir de l'autre côté, je suppose. Je ne sais plus exactement ce que j'étais en train de faire ni pourquoi j'étais monté. Je me sentais à la fois épuisé, curieux, troublé.

Je posai la main sur la glace, je fus de nouveau surpris de ce contact frais dans la petite pièce chaude et sans air.

Je caressai le bois lisse du cadre, puis je me levai pour faire lentement le tour du miroir. Derrière, il faisait trop noir pour qu'on puisse l'examiner de près. Mais il n'y avait rien à voir. Le fond du cadre était plat, sans intérêt.

Je revins devant pour regarder la lampe. Elle était banale. L'ampoule avait une forme bizarre, allongée et étroite. Mais à part ça, rien d'extraordinaire.

Je me rassis sur le carton, la tête dans les mains. Je bâillai silencieusement, sans quitter le miroir des yeux.

Je savais qu'il fallait que je redescende dormir. Les

parents devaient nous réveiller de bonne heure pour aller chez les cousins. Mais quelque chose me retenait là-haut.
Je ne sais pas combien de temps je suis resté assis là, comme une statue, à contempler mon reflet immobile. Peut-être une ou deux minutes. Peut-être une demi-heure.
Au bout d'un moment, alors que je gardais les yeux fixés sur le miroir, le reflet s'est brouillé. Il ne restait plus que des formes floues, des couleurs ternies, des ombres épaissies.
C'est à cet instant que j'entendis un murmure : « *Poooooool.* »
D'abord, je crus que c'était dans ma tête.
C'était tellement faible. Tellement doux. Mais tellement proche.
« Ça ne peut pas être Jérémie ! pensai-je très vite. Sa voix ne résonnerait pas de cette façon ! »
Retenant mon souffle, j'écoutai plus attentivement.
Silence.
C'était bien dans ma tête. Je l'avais imaginé.
J'inspirai un bon coup, puis soufflai lentement.
« *Poooooool.* »
Encore ce murmure. Plus fort, cette fois. Plus dur. Presque menaçant. Comme un avertissement. Venu de très, très loin.
« *Poooooool.* »
J'avais envie de me boucher les oreilles. De faire disparaître cette voix.
Devant moi, les formes sombres se déplaçaient

lentement sur la glace. Je contemplais mon reflet, mon visage tendu, effrayé. Je frissonnais des pieds à la tête. Tout mon corps tremblait de froid.
« *Poooooool.* »
Cette fois j'en étais sûr. Le murmure venait bien du miroir.
Je bondis sur mes pieds et je m'enfuis sans me retourner. Mes pieds nus claquaient sur le parquet. Je dévalai l'escalier et traversai le couloir en courant. Je voulus voir Jérémie pour me rassurer, mais il dormait à poings fermés. Alors je retournai dans mon lit.
Je fermai les yeux aussi fort que possible en priant pour que ce murmure terrifiant ne me poursuive pas.

16

Je tirai les couvertures jusqu'à mon menton. J'avais tellement froid. Je tremblais comme une feuille. Hors d'haleine, j'attendais, j'écoutais.
Est-ce que le murmure allait me suivre dans ma chambre ? Qui m'appelait en chuchotant mon nom de cette voix effrayante ?
Brusquement, j'entendis un halètement plus fort que le mien. Un souffle chaud me balaya le visage. Aigre et moite. On me cherchait. On me touchait les joues, le nez. J'ouvris les yeux, terrifié.
– Black !
Cette andouille de chien, assis sur ses pattes arrière, affalé sur la couverture, me léchait frénétiquement la figure.
– Black, gentil toutou !
Je riais, sa langue râpeuse me chatouillait. Jamais je n'avais été aussi content de le voir. Je le serrai contre moi et je le fis grimper dans le lit. Il gémissait d'excitation, sa queue battant follement la mesure.

– Black, qu'est-ce que tu as ? T'as entendu des voix, toi aussi ?
Il aboya doucement, comme s'il me répondait. Puis il sauta au bas du lit en se secouant. Il tourna trois fois de suite sur lui-même, cherchant sa place sur le tapis, et s'allongea en bâillant bruyamment.
– T'es vraiment bizarre cette nuit, m'étonnai-je.
Il se pelotonna en mâchonnant sa queue. Bercé par les paisibles ronflements de mon chien, je finis par tomber dans un sommeil agité.
Quand j'ouvris un œil, le ciel était gris. La fenêtre n'était pas complètement fermée, et le vent faisait bouger les rideaux. Je m'assis aussitôt, bien réveillé. « Il ne faut plus remonter au grenier, décidai-je en m'étirant. Et je dois obliger tout le monde à arrêter. »
Je repensai au chuchotement de cette nuit. La voix sèche, dure, qui murmurait mon nom.
– Paul !
Je sursautai. Ma mère m'appelait du couloir :
– Paul ! C'est l'heure de se lever ! On va chez les cousins, tu te souviens ? Dépêche-toi, le petit déjeuner est prêt.
– Je suis déjà debout ! J'arrive dans une minute !
Je l'entendis descendre l'escalier. Puis Black aboya comme un fou pour qu'on le laisse sortir.
Je m'étirai encore. Soudain la porte de mon placard s'ouvrit à toute volée.
– Oh !
Un T-shirt rouge venait de quitter l'étagère du haut et

flottait dans la chambre, tandis que j'entendis un rire, un rire familier...

Ça recommençait !

– Jérémie, tu es ridicule ! Tu avais promis de ne plus le faire !

J'essayai d'attraper le T-shirt, mais il s'échappa.

– J'avais croisé les doigts, se moqua mon frère.

– Je m'en fiche ! Il faut vraiment que tu arrêtes. Je suis sérieux !

– Je voulais juste te faire une surprise.

Il continua comme si de rien n'était. Un jean quitta le placard et se mit à parader dans la chambre.

– Jérémie, je vais te tuer !

Puis je baissai la voix, en pensant aux parents.

– Monte et éteins la lumière du miroir ! Dépêche-toi !

J'étais fou de rage, menaçant du poing l'endroit où le pantalon s'agitait. Pourquoi fallait-il qu'il soit aussi idiot ? Il ne comprenait donc pas que ce n'était pas un jeu ?

Tout à coup, le pantalon retomba en tas sur le tapis.

– Jérémie, lance-le-moi, ordonnai-je. Monte et redeviens visible, en vitesse !

Silence. Le pantalon ne bougea pas. Je sentis la peur me poignarder le ventre.

– Jérémie, arrête de faire l'idiot ! Envoie-moi mon jean et sors d'ici !

Pas de réponse.

Le pantalon restait par terre.

– Arrête ce jeu de crétin ! hurlai-je à nouveau. Tu

n'es pas drôle. Alors arrête maintenant ! Tu me fais peur !
Je savais que c'était ça qu'il attendait. Si je reconnaissais que j'avais peur, il allait se mettre à rire et il m'obéirait.
Mais non. La pièce était toujours silencieuse. Les rideaux ondulaient doucement. Le pantalon gisait en tas par terre.
– Jérémie ? Hé, Jérémie ?
Pas de réponse.
– Jérémie, tu es là ?
Non. Jérémie était parti.

17

– Jérémie ?

Ma voix était faible et tremblante.

Il n'était plus là. Ce n'était pas un jeu. Il était parti.

Sans réfléchir, je sortis de ma chambre en courant, je traversai le couloir et grimpai au grenier.

En y pénétrant, je sentis une vague de panique me submerger. Et s'il avait disparu pour toujours ?

Avec un gémissement de frayeur, j'entrai dans la petite pièce. La lumière brutale reflétée par le miroir m'éblouit. Protégeant mes yeux d'une main, je m'approchai pour tirer sur la ficelle. La lumière s'éteignit immédiatement.

– Jérémie ? criai-je d'une voix inquiète.

Pas de réponse.

– Jérémie ? T'es ici ? Tu m'entends ?

J'avais la gorge serrée, le souffle court et bien du mal à parler.

– Jérémie ?

– Salut, Paul. Je suis là.

C'était la voix de mon frère, juste à côté de moi. J'étais tellement heureux de l'entendre que je me tournai pour le serrer dans mes bras, même si je ne pouvais pas le voir.
– Je vais bien, dit-il d'un ton rassurant. Vraiment, Paul, ça va !
Il lui fallut plusieurs minutes pour réapparaître.
– Qu'est-ce qui s'est passé ?
Je l'examinai des pieds à la tête, comme si je ne l'avais pas vu depuis des mois.
– Tu faisais le clown dans ma chambre. Et puis tout d'un coup, tu as disparu.
– Je vais bien ! répéta-t-il en haussant les épaules.
– Mais où étais-tu ?
– Ici.
– Mais, Jérémie...
Il avait quelque chose de différent. Impossible de savoir quoi exactement. Mais plus je le regardais, plus il me semblait bizarre.
– Arrête de me regarder comme ça, Paul, dit-il en me repoussant. Je me sens bien.
Il s'éloigna vers l'escalier. Je le suivis, tentant de comprendre ce qui me troublait.
– Écoute, Jérémie...
– Arrête de me poser des questions ! coupa-t-il. D'accord ? Je me sens bien. Point final !
Je n'insistai pas, sans pouvoir m'empêcher malgré tout de le mettre une fois encore en garde.
– Ne t'approche plus de ce miroir. Tu m'entends ? Ne redeviens plus invisible.

– D'accord, d'accord, je ne le ferai plus.
Je vérifiai que, cette fois, il n'avait pas croisé les doigts.
Maman nous attendait dans le couloir.
– Ah, vous voilà enfin ! Paul, tu n'es pas encore habillé !
– Je me dépêche, criai-je en me précipitant dans ma chambre.
– Jérémie, qu'est-ce que tu as fait à tes cheveux ? demanda maman. Tu t'es coiffé autrement ?
– Non. C'est comme d'habitude. Peut-être que ce sont tes yeux qui sont différents.
– Cesse de faire le mariole et descends.
Jérémie était bizarre. Maman l'avait remarqué, elle aussi. Mais je n'arrivais pas à savoir en quoi.
En ramassant mon jean par terre pour l'enfiler, je commençais à me sentir un peu mieux. J'avais eu tellement peur que quelque chose d'abominable soit arrivé à mon frère ! Peur qu'il ait disparu pour de bon, peur de ne jamais le revoir.
Tout ça à cause de ce stupide miroir.
Je pensai brusquement à Sophie, Marie et Adrien. Ils étaient tellement excités à l'idée de venir mercredi. Même Marie voulait essayer, cette fois-ci.
Non. J'allais leur téléphoner et j'allais les prévenir. J'étais tout à fait décidé, cette fois. Plus de miroir. Plus de disparitions.
En revenant de chez les cousins, je les appellerais tous les trois. Et je leur dirais que le concours est annulé.

Ouf ! Me voilà avec un poids en moins ! Rien que d'avoir pris cette décision, je me sentis beaucoup mieux. Toutes mes craintes s'étaient envolées.
J'étais loin de m'imaginer que le pire était encore à venir.

18

Quel ne fut pas mon étonnement quand Adrien, Sophie et Marie sonnèrent à la porte mercredi matin.
– Eh, les gars, je vous avais pourtant dit que le concours était annulé
– Mais Jérémie nous a appelés, répliqua Sophie. Il a dit que tu avais changé d'avis.
J'ouvris une bouche grande comme un four.
– Jérémie ?
Ils hochèrent la tête.
– Il nous a téléphoné hier, précisa Marie.
– Mais Jérémie n'est même pas là ce matin. Il est au square en train de jouer au ballon avec ses copains.
Maman entra dans le vestibule, un torchon à la main. En reconnaissant mes amis, elle se tourna vers moi d'un air surpris :
– Paul, je croyais que tu devais m'aider à ranger le sous-sol. J'ignorais que tu avais des projets avec Adrien, Sophie et Marie.

– Non, répondis-je faiblement. Jérémie...
– On passait juste, expliqua Adrien, volant à mon secours.
– Si tu es occupé, Paul, on s'en va, ajouta Sophie.
– Non, ça va, dit maman. Paul se plaignait parce que je voulais lui faire faire quelque chose d'ennuyeux. Tant mieux pour lui que vous soyez là !
Elle repartit dans la cuisine. À peine avait-elle disparu que mes amis se jetèrent littéralement sur moi.
– On monte ! cria Adrien.
– À nous l'invisible ! chuchota Sophie.
– C'est moi qui commence, puisque je l'ai jamais fait ! dit Marie.
J'essayai bien de discuter, mais je fus vite débordé par le nombre. Je me résignai à contrecœur.
– D'accord, d'accord.
Je m'apprêtai à les suivre quand j'entendis gratter à la porte. C'était Black, qui revenait de sa promenade matinale. J'allai lui ouvrir et il entra, tout penaud.
Cette andouille de chien avait la queue couverte d'épines. Je le poussai dans la cuisine et réussis à le faire tenir tranquille assez longtemps pour les lui enlever. Puis je me dépêchai de grimper au grenier rejoindre mes copains.
Marie était déjà devant le miroir, Adrien à côté d'elle, prêt à allumer la lumière.
– Attendez ! criai-je.
Ils se tournèrent pour me regarder. Marie avait l'air effrayée.

– Il faut que je le fasse tout de suite. Autrement, je vais me dégonfler, expliqua-t-elle.
– Je veux d'abord qu'on précise bien les règles, dis-je d'une voix sévère. Ce miroir n'est pas un jouet...
– On sait, on sait, m'interrompit Adrien en souriant. Allez, Paul, pas de sermon aujourd'hui, d'accord? Tu es énervé parce que tu vas perdre. Mais ce n'est pas une raison pour...
– Je ne veux pas faire le concours, précisa Marie nerveusement. Je veux juste voir ce que ça fait d'être invisible. Une minute seulement. Après, je veux revenir.
– Moi, je suis partant pour le record du monde, s'exclama Adrien le fanfaron en s'appuyant contre le miroir.
– Moi aussi, renchérit Sophie.
Je regardais fixement mon reflet dans le miroir.
– Je ne crois pas que ce soit une bonne idée ! Il faut rester invisible peu de temps.
– Quel dégonflé ! s'écria Adrien en secouant la tête.
Sophie tenta de me rassurer :
– On va être prudents, Paul. Promis !
– J'ai un mauvais pressentiment, avouai-je.
– Je trouve qu'on devrait tous disparaître en même temps, proposa Adrien, les yeux brillants d'excitation. Après, on ira au square et on fera une peur bleue à ton frère !
Tout le monde se mit à rire, sauf Marie qui répéta :
– Moi, je veux juste essayer pendant une minute.

C'est tout.
Sophie lança à Adrien :
– D'abord, le record. Après, on sort pour faire peur à tout le monde.
– Okay !
Impossible de les raisonner, l'un comme l'autre. Ils étaient trop obsédés par ce concours débile.
– Comme vous voudrez !
Marie se tourna vers le miroir :
– Bon, allez ! J'y vais !
Adrien attrapa de nouveau la ficelle.
– Prête ? On compte jusqu'à trois.
C'est alors que Black poussa la porte et entra dans la pièce, le nez au ras du sol, la queue dressée.
– Black, qu'est-ce que tu fabriques ici ?
Il m'ignora, continuant à flairer furieusement.
– Un... deux... commença Adrien.
– Quand je dis « prête », vous me ramenez, d'accord ? demanda Marie, toute raide devant le miroir. Fais pas de blagues, Adrien.
– Pas de blagues ! promit celui-ci. Dès que tu veux revenir, j'éteins la lumière.
Adrien recommença à compter.
– Un... deux... trois !
À trois, il tira sur la ficelle. Au même moment, Black s'approcha de Marie et se glissa entre ses jambes.
La lumière s'alluma.
– Black ! Arrête !
Mais c'était trop tard. Mon chien disparut avec Marie.

19

– Le chien ! cria Sophie.
– Eh ! Ça a marché ! Je suis invisible ! s'exclama Marie en même temps.
Black gémissait. Il poussait des petits cris plaintifs comme s'il était affolé.
– Tire sur la ficelle ! ordonnai-je à Adrien.
– Pas encore ! protesta Marie.
– Tire ! répétai-je.
Adrien obéit. La lumière s'éteignit. Marie revint la première, l'air assez fâché.
Black tomba en arrivant. Il se redressa aussitôt, mais ses pattes étaient chancelantes.
Il était tellement drôle qu'on se mit tous à rire.
– Qu'est-ce que vous fabriquez là-haut ?
La voix de maman nous fit taire immédiatement. Je fis signe aux autres de ne pas bouger.
– Mais rien, Maman. On regarde.

– Je ne comprends pas ce qu'il y a de si intéressant dans ce grenier poussiéreux, insista-t-elle.
Je croisai les doigts en espérant qu'elle ne viendrait pas voir par elle-même.
– On est bien là-haut, c'est tout.
Pas terrible, comme explication, mais je n'avais rien trouvé d'autre.
Black, qui avait récupéré l'usage de ses pattes, se précipita dans l'escalier.
J'entendis ses ongles crisser sur les marches.
– Ce n'est pas juste, se plaignit Marie. Je n'ai pas eu de temps.
– Je trouve qu'on devrait s'en aller. Tout ça est complètement imprévisible et...
– C'est ce qui en fait tout le charme, me coupa Sophie.
– Moi, je veux recommencer, insista Marie.
La discussion dura presque cinq minutes. Une fois de plus, je cédai. On recommençait le concours et c'était Sophie la première à essayer.
– Le record à battre est de dix minutes, lui rappela Adrien.
– Pas de problème, dit Sophie faisant des grimaces dans la glace. Dix minutes, c'est dans la poche !
Marie avait repris sa place par terre, le dos contre le mur, sa montre à la main. Elle comptait repartir une fois que tous les concurrents seraient passés.
En regardant Sophie se préparer, j'avais envie que ce soit déjà fini. Je me sentais glacé des pieds à la tête et la peur pesait sur moi comme une chape de plomb.

Surtout, surtout, que tout se passe bien...
Adrien tira sur la ficelle.
Sophie disparut dans un éclair de lumière.
Marie scrutait sa montre.
Adrien recula d'un pas en croisant les bras. Il avait les yeux brillants d'excitation.
– Comment me trouvez-vous ? plaisanta Sophie.
– Tu n'as jamais été mieux, répondit Adrien en riant.
– Surtout ta coiffure, c'est très réussi, ajouta Marie sans quitter sa montre des yeux.
Même Marie s'amusait et plaisantait. Pourquoi est-ce que j'étais aussi tendu ? Pourquoi est-ce que j'avais aussi peur ?
– Ça va, Sophie ? demandai-je, la gorge serrée.
– Très bien !
Je l'entendais marcher dans la pièce.
– Dès que tu te sentiras bizarre, crie « prête » et Adrien tirera sur la ficelle.
– Je sais, Paul ! Mais je ne veux pas revenir tant que je n'aurai pas battu le record.
– C'est moi, le suivant, lui rappela Adrien, les bras toujours croisés. Alors, ton record ne tiendra pas longtemps.
Brusquement, les bras d'Adrien se décroisèrent. Ses mains s'agitèrent frénétiquement et il s'allongea à lui-même une double paire de claques.
– Oh ! Ça suffit, Sophie ! Laisse-moi ! cria-t-il en essayant de s'échapper.
Sophie se mit à rire et Adrien se donna encore quelques bonnes claques avant de parvenir à s'enfuir.

– Une minute, annonça Marie.
– Oh ! Tu m'as fait mal ! marmonna Adrien en frottant ses joues écarlates.
Malgré le comique de la situation, je n'arrivais pas à sourire. Je me sentais toujours aussi inquiet.
– Ça va toujours bien, Sophie ?
– Mais oui, Paul. Arrête de te faire du souci.
Brusquement, mon T-shirt se rabattit sur ma tête et je l'entendis rire à nouveau. Je grognai en me dégageant :
– Fiche-moi la paix !
– Deux minutes, annonça Marie.
Les marches de l'escalier craquèrent. Quelques secondes plus tard, Black passa la tête par la porte. Mais cette fois, il s'arrêta sur le seuil pour observer ce qui se passait.
– Redescends, mon chien, redescends, dis-je.
Il me regarda d'un air pensif, sans bouger d'un poil. Je ne voulais pas qu'il s'approche de nouveau du miroir. Je l'attrapai par son collier pour le faire redescendre.
Quand je revins dans la petite pièce, Marie annonça que quatre minutes s'étaient écoulées. Adrien faisait les cent pas avec impatience devant le miroir. Il avait du mal à attendre son tour.
Brusquement, je pensai à Jérémie. Il savait parfaitement que j'avais téléphoné à tout le monde pour annuler le concours. Alors, pourquoi avait-il rappelé pour dire le contraire ?
« Encore une de ses blagues idiotes, me dis-je. Il va

falloir trouver un moyen de lui rendre la monnaie de sa pièce. »

Quelque chose de vraiment méchant...

– Huit minutes, dit Marie en s'étirant.

– Pas mal, commenta Adrien. Tu es sûre que tu ne veux pas revenir maintenant ? De toute façon, tu ne gagneras pas. Alors, arrête de nous faire perdre notre temps !

– Tu te sens toujours bien ? demandai-je avec inquiétude.

Pas de réponse.

– Sophie ? Ça va ?

J'avais beau regarder partout, je ne voyais rien bouger.

Pas de réponse.

– Sophie, ne fais pas l'idiote. Ce n'est pas drôle !

– Eh, réponds-nous ! cria Adrien.

Toujours pas de réponse.

Je vis le reflet de Marie dans le miroir. Elle avait l'air terrifié.

– Sophie n'est plus là, murmura-t-elle.

20

– Sophie, où es-tu ?

Comme elle ne répondait pas, je me précipitai vers la ficelle. J'allais tirer dessus, quand j'entendis des pas dans l'escalier. Quelques secondes plus tard, une canette de Coca se mit à flotter dans la pièce.

– Je vous ai manqué ? demanda Sophie en minaudant.

– Tu nous as filé une satanée frousse, oui.

J'avais la voix tremblante.

– Je ne savais pas que vous m'aimiez autant, répondit Sophie malicieusement.

– Ce n'était pas drôle, dit Adrien avec sévérité, pour une fois d'accord avec moi. Tu nous as fait vraiment peur.

– J'avais soif, je suis allée chercher à boire en bas.

La canette s'inclina et le Coca se mit à couler. Le flot s'interrompit brutalement en pénétrant dans la bouche invisible de Sophie.

– Mais tu aurais pu nous prévenir, répliqua Marie en regardant sa montre. Neuf minutes.
– Tu n'aurais pas dû descendre. Et si ma mère t'avait vue ?
– M'avait vue ?
– Ouais, tu sais ce que je veux dire.
Sophie se mit à rire, puis finit tranquillement sa boisson.
Elle battit le record de Jérémie et continua. Quand Marie annonça douze minutes, Adrien lui demanda si elle voulait revenir.
Pas de réponse.
– Sophie ? Tu nous fais encore une blague ?
Toujours pas de réponse. De nouveau, je sentis ma gorge se serrer. Je m'avançai pour tirer sur la ficelle. J'avais la main qui tremblait. J'implorais le ciel en silence pour que Sophie revienne saine et sauve.
La lumière s'éteignit. Complètement tendus, nous attendions le retour de Sophie.
Après un temps interminable, elle réapparut. Elle se tourna vers nous avec un sourire triomphant.
– C'est moi, la nouvelle championne ! déclara-t-elle, les poings levés en signe de victoire.
– Ça va ? demandai-je, encore sous le coup de la peur.
Elle hocha la tête.
– Parfaitement bien, monsieur l'inquiet.
Elle s'éloigna du miroir d'une démarche incertaine. Je la regardai : elle avait quelque chose de changé. Elle paraissait en forme : le teint frais, les joues

roses. Mais elle avait quelque chose de changé. Son sourire ? Ses cheveux ? J'aurais bien aimé le savoir.

– Paul, tire la ficelle. La voix d'Adrien m'arracha à mes pensées.

– Vas-y, mon vieux. Je pars pour quinze minutes.

– D'accord. Tu es prêt ?

En levant la main, je jetai un coup d'œil à Sophie. Elle me fit un sourire rassurant. Mais son sourire n'était pas comme d'habitude. En quoi ?

Je tirai sur la ficelle. Adrien disparut dans un éclair éblouissant.

– Le retour de l'Homme Invisible ! cria-t-il d'une voix de basse.

– Pas si fort ! Ma mère va t'entendre !

Sophie s'était assise à côté de Marie. Je m'approchai d'elle.

– Tu es sûre que tu te sens bien ? Tu n'as pas le vertige ? Tu n'as mal nulle part ?

Elle secoua la tête.

– Mais non, pas du tout. Pourquoi est-ce que tu ne veux pas me croire, Paul ?

Tout en l'observant de haut, j'essayai de comprendre ce qu'il y avait de changé dans son apparence. Quel mystère ! Impossible de m'y repérer !

– Pourquoi tu ne m'as pas répondu quand je t'ai appelée ?

– Hein ? Quand ?

Elle avait l'air très surprise.

– Au bout de douze minutes environ. Je t'ai appelée et Adrien aussi. Mais tu ne nous as pas répondu.

Sophie devint pensive.
– Je suppose que je ne vous ai pas entendus, finit-elle par répondre. Mais je vais bien, Paul. Vraiment. Très bien. C'était formidable.
Je m'assis à côté d'elle par terre, le dos contre le mur, pour attendre qu'Adrien ait fini son tour.
– Eh, Paul ! Pas question d'éteindre la lumière avant quinze minutes ! D'accord ? me rappela-t-il.
Puis il me passa la main dans les cheveux, pour qu'ils se dressent sur ma tête. Les deux filles se mirent à rire.
– Eh, suivez-moi, j'ai une idée, dit Adrien.
Il nous parlait du seuil de la porte.
– Attends ! criai-je.
Mais déjà, il traversait le grenier.
– Suivez-moi dehors, fit-il en dévalant l'escalier.
– Adrien, ne fais pas ça ! Je t'en prie, ne fais pas d'idioties !
Mais je n'avais aucun moyen de lui faire entendre raison.
Quelques secondes plus tard, nous sortions par la porte de derrière, suivant notre copain invisible qui se dirigeait vers le jardin du voisin, monsieur Drouot.
« On va avoir des ennuis, pensai-je, très malheureux. De gros ennuis. »
La haie qui sépare les deux jardins nous permit de nous cacher, Sophie, Marie et moi. Comme d'habitude, monsieur Drouot était au milieu de ses plants de tomates. Penché en avant, son gros ventre débordant de son T-shirt, son crâne chauve rougeoyant

sous le soleil, il arrachait des mauvaises herbes. Qu'est-ce qu'Adrien allait inventer ? Je retenais mon souffle, crispé d'inquiétude.
Soudain, je vis trois tomates s'élever dans les airs. Elles planèrent un petit moment avant de se rapprocher de monsieur Drouot.
« Oh non, pensai-je, non, pas ça. Je t'en prie, Adrien. »
Sophie, Marie et moi, pelotonnés derrière la haie, on n'en croyait pas nos yeux : les trois tomates s'élevaient alternativement dans les airs ! Adrien l'invisible était en train de jongler. Il frimait, une fois de plus. Il se vantait toujours de ses talents de jongleur, d'autant qu'aucun de nous ne pouvait rivaliser avec lui.
Monsieur Drouot ne remarqua pas tout de suite les tomates en folie. Mais quand il finit par les repérer, ses yeux jaillirent de leurs orbites et il devint aussi rouge qu'elles !
– Oh ! s'écria-t-il.
Il laissa échapper ses mauvaises herbes et resta là, bouche bée, à contempler ses tomates en plein vol.
Adrien se mit à jongler de plus en plus haut. Sophie et Marie pouffaient en silence. Moi, je voulais seulement qu'il remonte dans le grenier.
– Simone ! Simone ! Simone... viens ici ! Il faut que tu voies ça ! Simone ! hurla le voisin.
Quelques secondes plus tard, madame Drouot sortit en courant, l'air effrayé.

– Raymond, qu'est-ce qui se passe ? Qu'est-ce qui se passe donc ?
– Viens voir, des tomates qui volent ! cria monsieur Drouot, en lui faisant des signes frénétiques pour qu'elle se dépêche.
Adrien laissa les tomates retomber par terre.
– Où ça ? demanda madame Drouot, hors d'haleine.
– Là. Regarde !
– Je ne vois pas de tomates, répondit-elle, en s'arrêtant devant son mari.
– Mais si ! Elles volent. Elles...
– Ces tomates-là ? demanda madame Drouot en montrant celles qui étaient par terre.
– Euh... oui. Elles tournaient et...
L'air terriblement gêné, notre voisin se gratta la nuque.
– Raymond, tu es resté combien de temps au soleil ? Pourquoi est-ce que tu ne mets pas de chapeau ?
– Euh... je rentre dans quelques minutes, répondit doucement monsieur Drouot, sans quitter ses tomates des yeux.
Dès que sa femme eut le dos tourné, les trois tomates redécollèrent du sol.
– Simone, regarde ! cria monsieur Drouot, très agité. Regarde... vite ! Ça recommence !
Adrien laissa les tomates retomber.
Madame Drouot se retourna : il n'y avait rien à voir.
– Raymond, tu ferais mieux de rentrer tout de suite !
Elle revint sur ses pas, prit son mari par le bras et le tira vers la maison sans qu'il songe à résister. Le

pauvre homme avait l'air complètement ahuri ; les yeux rivés sur ses tomates, il se grattait furieusement la nuque, tandis que sa femme l'entraînait.

– Eh ! C'était génial, non ? cria Adrien, juste devant moi.

Marie et Sophie s'esclaffèrent. Je dus avouer que c'était plutôt drôle. Après avoir bien rigolé, notre petit groupe retourna au grenier.

Bien à l'abri dans la petite pièce, nous continuions à rire du bon coup d'Adrien. Il se vantait même d'être le premier jongleur invisible du monde.

Puis, au bout de douze minutes, brusquement, Adrien cessa de nous parler.

Tout comme Sophie.

Et malgré nos appels incessants, il ne répondit pas.

– Je vais le faire revenir, décidai-je, de nouveau en proie à la peur. Je me précipitai vers la ficelle.

– Attends, dit Sophie en me retenant.

– Pourquoi ?

– Il nous a demandé d'attendre quinze minutes, tu t'en souviens ?

– Mais Sophie, il a complètement disparu !

– Moi, je trouve qu'il faut le faire revenir, dit Marie.

– Accorde-lui ses quinze minutes, répéta Sophie.

– Non.

Et je tirai sur la ficelle.

La lumière s'éteignit.

Quelques minutes plus tard, Adrien réapparut en souriant.

– Combien de temps ? demanda-t-il à Marie.

– Treize minutes, vingt secondes.
Son sourire s'élargit.
– Le nouveau champion !
– Tu te sens bien ? Tu ne nous répondais plus, m'inquiétai-je en observant son visage.
– Je vais très bien. Je ne vous ai pas entendus, mais je vais très bien.
Adrien aussi me paraissait changé. Il avait quelque chose de différent. Mais quoi ?
– T'as un problème, Paul ? Pourquoi est-ce que tu me regardes comme si j'étais un extraterrestre ?
– Tes cheveux. Ils étaient comme ça avant ?
– Hein ? De quoi tu me parles ? Tu dérailles ou quoi ?
– Est-ce que tes cheveux étaient comme ça avant ? répétai-je. Presque rasés à droite et longs à gauche ? C'était pas plutôt le contraire ?
– Eh, Paul, ça va pas la tête ? répondit-il en souriant aux deux filles. Mes cheveux sont exactement comme d'habitude. Tu as dû regarder trop longtemps dans ce miroir...
J'aurais pu jurer qu'avant, ses cheveux étaient courts à gauche et longs à droite. Mais je supposai qu'Adrien connaissait mieux que moi sa propre coiffure.
– Alors, tu y vas ? me demanda Sophie, en sautant derrière moi.
– Ouais, t'es prêt à battre mon record ?
Je secouai la tête. J'étais sincère.
– Non, ça ne me dit rien du tout. On n'a qu'à déclarer Adrien vainqueur. J'ai envie de sortir d'ici.

– Pas question ! s'exclamèrent en chœur Adrien et Sophie.
– Il faut que tu essaies, insista Adrien.
– Ne te dégonfle pas, Paul. Tu peux battre Adrien. Je sais que tu en es capable, déclara Sophie.
À eux deux, ils me poussèrent devant le miroir. J'essayai de résister, mais ils m'y maintenaient de force.
– Non, vraiment. C'est Adrien qui a gagné et moi, je...
– Vas-y, Paul ! Je mise sur toi ! cria Sophie.
– Allez, vas-y, répéta Adrien en me tenant fermement l'épaule.
– Non. Je vous en prie. Je...
Mais Adrien attrapa la ficelle de sa main libre et tira.

21

Je fixai le miroir pendant quelques instants, attendant que l'éblouissement s'apaise. C'était toujours un tel choc ! Ce premier moment, quand on n'avait plus de reflet. Quand on regardait l'endroit où on se trouvait – et qu'on comprenait qu'on regardait à travers soi-même !

– Comment te sens-tu, Paul ? Comment te sens-tu ?

Sophie m'imitait.

– Qu'est-ce qui te prend ? m'étonnai-je de la trouver aussi sarcastique.

– Je me montre juste aussi inquiète que toi, répliqua-t-elle en souriant.

Il y avait quelque chose d'anormal dans son sourire. Quelque chose de bancal.

– Tu crois que tu vas réussir à me battre ? demanda Adrien.

– Je ne sais pas. Peut-être.

Adrien s'approcha du miroir pour examiner son reflet. En le regardant, j'avais un sentiment étrange que je ne parvenais pas à m'expliquer. Je n'avais

jamais vu Adrien campé dans cette position en train de s'admirer.
Il y avait quelque chose de changé. J'en étais sûr. Mais impossible de savoir quoi.
J'étais simplement trop nerveux. Quand on est angoissé, on ne regarde plus les gens de la même façon. Peut-être que j'étais en train de me raconter des histoires.
– Deux minutes, annonça Marie.
– Tu ne vas pas bouger un peu ? demanda Sophie, les yeux fixés sur le miroir.
– Non ! Il n'y a rien que j'aie envie de faire. Je vais attendre que le temps passe, c'est tout.
– Tu veux renoncer? s'exclama Adrien en souriant vers l'endroit où il pensait que j'étais.
Je secouai la tête. Puis je me souvins que personne ne pouvait me voir.
– Non. J'ai l'intention de tenir la distance. Maintenant que j'y suis, autant te battre à plate couture.
Il rit d'un air méprisant.
– Je parie que tu ne tiendras pas plus de treize minutes vingt.
– Ah ouais ?
Sa remarque m'avait piqué au vif.
– Eh bien, je reste là tant que je n'ai pas gagné.
Et c'est ce que je fis. Debout, appuyé contre le cadre du miroir, j'attendis que Marie égrène les minutes. Tout se passa bien jusqu'à onze minutes. Là, brusquement, la lumière me fit très mal. Je fermai les yeux, mais ça ne changea rien. La lumière devenait

de plus en plus violente. Elle s'enroulait autour de moi, m'enveloppait, m'écrasait.

Je commençais à me sentir tout léger, plein de vertiges. Comme si j'allais décoller, alors que je savais parfaitement que je n'avais pas bougé d'un pouce.

– Eh, les gars ! Je crois que j'en ai assez !

Ma voix était faible et lointaine, même pour moi.

La lumière tourbillonnait autour de moi. Je me sentais devenir de plus en plus léger et je finis par avoir du mal à garder les pieds sur terre. Encore une fois, mon corps refusait d'obéir à mes ordres. Mes bras et mes jambes semblaient ne plus m'appartenir et de nouveau j'eus cette étrange impression de flotter.

Brusquement, je fus saisi de panique. Une panique totale. Quelque chose m'entraînait à l'intérieur du miroir.

Je poussai un cri suraigu.

– Adrien, fais-moi revenir !

– D'accord, Paul, pas de problème !

Adrien me paraissait à des kilomètres de là. Je m'efforçai de le distinguer à travers l'éblouissante lumière jaune. Une silhouette sombre derrière un rempart de lumière, une silhouette sombre qui s'approchait du miroir.

– Je te fais revenir, Paul. Tiens bon !

La lumière s'intensifia encore. Ça faisait tellement mal. Même les yeux fermés.

– Adrien, dépêche-toi ! hurlai-je.

J'ouvris les yeux. Son ombre pâle s'approchait de la ficelle.

– Tire, bon sang, tire !

Je savais que dans une seconde, la lumière s'éteindrait. Et je serais sauvé !

Une seconde.

Tire sur la ficelle.

Tire, Adrien, tire !

C'est alors que j'entendis une autre voix dans la pièce. Une voix nouvelle. Une voix étonnée.

– Eh bien, qu'est-ce qui se passe ici ? Qu'est-ce que vous fabriquez, les enfants ?

Je vis l'ombre d'Adrien s'éloigner de la ficelle sans y toucher.

Ma mère venait d'entrer dans la pièce.

22

– Je vous en prie ! Tirez sur la ficelle !
Personne ne parut m'entendre.
– Oh, on s'amuse, c'est tout, répondit Adrien à ma mère.
– Mais où est Paul ? demanda-t-elle. Comment avez-vous découvert cette petite pièce ? Qu'est-ce que vous faites tous, là ?
Sa voix paraissait venir de très loin, comme si elle était sous l'eau.
Toute la pièce commença à vibrer en oscillant dans la lumière intense. J'essayai de m'agripper au cadre, luttant pour ne pas me laisser emporter.
– Vous m'entendez ? S'il vous plaît, quelqu'un... tirez sur la ficelle ! Faites-moi revenir !
Ce n'étaient plus que des ombres grises dans les vagues de lumière déchaînées. Personne ne m'entendait.
Je vis une ombre s'approcher. Ma mère. Elle fit le tour du miroir, admirative.

– Je n'en reviens pas qu'on n'ait jamais vu cette pièce. Et d'où vient ce miroir ? demanda-t-elle.

Elle était tellement près de moi. Et en même temps si loin.

– Je vous en prie, faites-moi revenir ! hurlai-je.

J'attendis, mais les voix s'éloignèrent.

Les silhouettes étaient floues. Je tentai en vain de les attraper.

– Maman, je suis là. Tu ne m'entends pas ? Tu ne peux rien faire ?

Je flottais maintenant devant le miroir, léger, désincarné.

Mes pieds avaient quitté le sol et je ne les voyais pas dans la lumière éblouissante.

Je flottais sous la lampe.

Je sentais la lumière m'attirer à elle. De plus en plus près. Jusqu'à ce qu'elle me projette pile à l'intérieur du miroir. Je compris que j'étais tombé dedans. Dans un univers de couleurs chatoyantes et brouillées. Toutes les formes s'emmêlaient en vibrant comme dans un monde sous-marin.

Et moi, je flottais dans ce monde scintillant de couleurs et de lumières, je m'éloignais silencieusement de mes amis, de ma mère, de ce petit grenier.

Jusqu'au centre du miroir. Jusqu'au centre d'un tourbillon de lumière et de couleur, d'un raz-de-marée brutal.

– Au secours ! Faites-moi revenir ! Faites-moi revenir !

M'enfonçant toujours davantage, je n'entendais presque plus ma propre voix.

Tandis que je continuais ce voyage infernal, les couleurs s'effacèrent peu à peu. Je me retrouvai plongé dans un monde blanc. Immaculé. Pas une ombre aussi loin que mon regard pouvait porter. Il faisait froid. Un froid mortel.

Je n'essayais même plus d'appeler, je regardais droit devant moi, trop terrifié, trop abasourdi par cet univers glacé dans lequel j'avais pénétré.

– Salut, Paul ! dit une voix familière.

– Ooh !

Je n'étais plus seul.

23

Un cri de terreur s'échappa de mes lèvres. J'essayais de former des mots, mais j'avais le cerveau paralysé. La silhouette s'approchait rapidement, silencieusement, dans le monde blanc et froid du miroir.

Il me souriait, d'un sourire étrange et familier.

– Toi !

Il s'arrêta à quelques centimètres de moi.

Je le regardai, sans y croire.

C'était moi que j'étais en train de contempler. Moi. En train de me sourire à moi. D'un sourire froid comme la glace qui nous cernait.

– N'aie pas peur, dit-il, je suis ton reflet.

– Non !

Ses yeux – mes yeux – m'examinaient avidement, comme un chien en train de regarder un os bien juteux. Ma peur le fit sourire encore plus largement.

– Je t'attendais, ricana mon reflet, les yeux rivés aux miens.

– Non !

Je fis demi-tour.
Je savais qu'il fallait que je m'enfuie.
Je me mis à courir.
Mais je m'arrêtai en voyant les visages devant moi.
Des visages tordus, malheureux, des douzaines de visages, comme dans des miroirs déformants, avec d'énormes yeux tombants et des bouches minuscules, pincées de tristesse.
Ces visages semblaient planer juste au-dessus de moi. Leurs yeux hébétés me fixaient, leurs bouches minuscules s'agitaient comme si elles m'appelaient, me prévenaient, me disaient de m'échapper.
Qui étaient ces gens ? Pourquoi étaient-ils à l'intérieur du miroir avec moi ? Pourquoi ces visages déformés avaient-ils l'air de tant souffrir ? D'où venaient-ils ?
– Non !
Je sursautai : j'avais cru reconnaître deux d'entre eux, avec leur bouche tremblante et leurs sourcils agités.
Sophie et Adrien ? Non. C'était impossible.
Je les reconnus à peine tant ils étaient déformés. Pourquoi parlaient-ils de façon aussi frénétique ? Qu'essayaient-ils donc de me dire ?
– Au secours ! hurlai-je.
Mais ils ne paraissaient pas m'entendre.
Les visages continuaient de flotter et de plonger autour de moi.
– Aidez-moi, je vous en prie !
Et puis je sentis qu'on m'obligeait à me détourner.

Mon reflet m'avait pris par les épaules. Sa voix calme résonna dans l'espace clair.
– Tu ne partiras pas.
Je me débattis pour me dégager, mais il me tenait solidement.
– C'est moi qui pars, reprit-il. J'attends depuis tellement longtemps. Depuis que tu as allumé la lumière. Et maintenant, je vais sortir d'ici et rejoindre les autres.
– Les autres ?
– Bien sûr ! Tes amis n'ont guère résisté. Ils se sont laissés aller. L'échange a été simple. Et maintenant, toi et moi, on va faire aussi un échange.
– Non !
Mon hurlement se répercuta sur des kilomètres de blancheur glacée.
– De quoi as-tu peur ? demanda-t-il en approchant ses yeux des miens, sans lâcher mes épaules. Tu crains tellement ton autre visage, Paul ?
Il me fixait intensément.
– C'est ce que je suis, tu sais. Je suis ton reflet. Ton autre côté. Ton côté froid. C'est pareil pour tes amis. Ils sont là, prisonniers du miroir. Tandis que leur reflet...
Sa voix se perdit. Il n'avait pas besoin de finir sa phrase, j'avais compris ce qu'il voulait dire. Maintenant tout s'éclairait à propos de Sophie et d'Adrien. Pourquoi ils me paraissaient différents. Ils étaient à l'envers. C'étaient leurs propres reflets qui étaient revenus.

Et je comprenais pourquoi ils m'avaient poussé dans le miroir, pourquoi ils m'avaient forcé à disparaître, moi aussi.
Si je n'agissais pas, mon reflet allait prendre ma place. C'est lui qui débarquerait dans le grenier. Et moi, je serais pour toujours prisonnier du miroir, en compagnie de ces visages sinistres.
Que pouvais-je faire ?
Sans le quitter des yeux, je décidai de poser des questions pour essayer de gagner du temps.
– À qui appartient ce miroir ? Qui l'a construit ?
Il haussa les épaules.
– Comment le saurais-je ? Je ne suis que ton reflet, rappelle-toi.
– Mais comment...
– C'est le moment, déclara-t-il avec autorité. N'essaie pas de me coincer avec tes questions idiotes. On fait l'échange. Il est temps que toi, tu deviennes mon reflet !

24

Je me dégageai d'une secousse.
Je me mis à courir.
Les visages tristes et déformés rôdaient devant moi.
Je fermai les yeux à moitié, m'obligeant à ne plus les regarder.
Je ne pouvais pas réfléchir. Je ne pouvais pas respirer.
Je ne sentais plus mes jambes. La lumière était tellement intense que j'étais incapable de savoir si j'avançais ou pas. Il n'y avait pas de sol sous mes pieds. Il n'y avait ni mur ni plafond. Aucun souffle d'air ne venait caresser mon visage pendant que je courais. Mais ma peur m'empêchait de m'arrêter. J'avançais dans cette lumière glacée et vacillante.
L'autre était sur mes talons. Je ne l'entendais pas. Il n'avait pas d'ombre. Mais je savais qu'il était juste derrière moi.
Et je savais aussi que, si je me laissais prendre, je

serais perdu. Perdu dans ce monde de blancheur, incapable de voir, d'entendre, de toucher, perdu à jamais dans le miroir glacé.

Je croisai un autre visage silencieux et oscillant.

Je continuai à courir. Jusqu'à ce que les couleurs reviennent. Jusqu'à ce que la lumière s'adoucisse et que des formes surgissent.

Et puis je vis des ombres qui bougeaient devant moi.

– Arrête-toi, Paul ! Tout de suite ! cria la voix de mon reflet, juste derrière moi.

À présent, c'était lui qui semblait inquiet. Alors, je continuai à courir, vers les couleurs et les formes.

Brusquement, Adrien éteignit la lumière.

Je jaillis hors du miroir, dans la pièce minuscule, au milieu d'une explosion de bruits, de couleurs, de surfaces dures et anguleuses. Le monde réel.

Je me redressai, hors d'haleine. J'étais si content de retrouver notre bonne vieille terre que je donnai un bon coup de pied pour le plaisir de sentir mes jambes.

Je regardai mes « amis ». Ma mère n'était plus là, elle avait dû redescendre dans la cuisine.

– Tu as fait l'échange ? me demanda Adrien, les yeux brillant d'excitation.

– Es-tu des nôtres ? interrogea Sophie en même temps.

– Non, répondit une voix – la mienne – venant du miroir.

À l'intérieur, mon reflet, rouge de colère, nous dévisageait, les mains appuyées contre la glace.

– Il s'est échappé. On n'a pas fait l'échange, cria-t-il à mes « amis ».
– Je ne comprends pas ! s'exclama Marie. Qu'est-ce qui se passe, les gars ?
Adrien et Sophie ne prêtèrent pas attention à cette interruption. D'un geste rapide, ils m'attrapèrent chacun par un bras et m'obligèrent à faire demi-tour sans ménagement.
– L'échange ne s'est pas fait, répéta mon reflet à l'intérieur du miroir.
– Ça va s'arranger, répliqua Sophie.
Adrien et elle me plantèrent de force devant la glace.
– Tu y retournes, Paul, dit Adrien fermement.
Il attrapa la ficelle de la lampe et tira.

25

La lumière s'alluma.

Je redevins invisible.

Mon reflet resté dans le miroir, les paumes appuyées contre la glace, continuait à me narguer.

– Je t'attends, Paul. Tu vas bientôt me rejoindre.

– Non ! criai-je. Je m'en vais. Je descends.

– Sûrement pas, répondit mon reflet en secouant la tête. Adrien et Sophie ne te laisseront pas t'enfuir. Mais ne sois pas aussi effrayé, Paul. Ça ne fait pas du tout mal. Pas du tout.

Il me sourit. C'était mon sourire. Mais glacé et cruel.

– Je ne comprends rien à ce qui se passe. Est-ce que vous allez enfin m'expliquer ? protestait Marie.

– Tu verras bien, répliqua Sophie avec douceur.

Pétrifié de terreur, je me demandais quoi faire. Adrien et Sophie me tenaient trop fermement. Je ne pouvais rien tenter.

– Encore quelques minutes et ce sera la liberté, dit calmement mon reflet, savourant déjà sa victoire.

– Marie, va chercher de l'aide !
En entendant ma voix, elle parut désorientée.
– Hein ?
– Va chercher de l'aide ! Descends ! Vite !
– Mais... je ne comprends pas...
Elle hésitait.
Brusquement, la porte s'ouvrit.
Jérémie était sur le seuil. En jetant un coup d'œil dans la pièce, il vit mon reflet et dut penser que c'était moi.
– Attrape ! cria-t-il en lançant sa balle.
Elle heurta le miroir en plein centre.
Le visage de mon frère s'allongea de surprise. Puis il y eut un craquement et le miroir se brisa en mille morceaux.
Mon reflet n'eut pas le temps de réagir. Les fragments de verre tombèrent par terre.
– Noooon ! crièrent les reflets d'Adrien et Sophie.
Je redevins visible au moment même où ils décollaient du sol. Ils furent attirés vers le miroir – sans cesser de hurler – entraînés comme par un aspirateur géant.
Les deux reflets se brisèrent à leur tour en mille morceaux dans les débris de la glace.
– Nom d'un chien ! jura Jérémie, cramponné à la porte, luttant de toutes ses forces pour ne pas se faire entraîner lui aussi.
Et c'est alors qu'Adrien et Sophie apparurent à genoux, bouleversés, fixant les morceaux de miroir qui jonchaient le sol autour d'eux.

– Vous êtes revenus ! C'est vraiment vous !
J'étais fou de joie.
– Ouais, c'est bien moi ! dit Adrien en se relevant tant bien que mal sur ses jambes flageolantes avant de se tourner vers Sophie pour l'aider.
Le miroir était brisé. Les reflets s'étaient désintégrés.
Adrien et Sophie examinaient la pièce, encore mal remis de leurs émotions, tandis que Marie me dévisageait sans rien comprendre. Jérémie, lui, restait sur le seuil de la porte, en hochant la tête.
– Paul, déclara-t-il, t'aurais bien pu attraper cette balle. C'était facile, ce coup-ci.
Adrien et Sophie étaient de retour. Et ils allaient bien.
J'expliquai à Jérémie et Marie, du mieux que je le pouvais, ce qui s'était passé.
Marie, toute tremblante, rentra chez elle. Il fallait qu'elle garde sa petite sœur.
Sophie et Adrien – les vrais ! – m'aidèrent à balayer les bouts de verre cassé. Puis je refermai la porte de la petite pièce. Je repoussai soigneusement le loquet, et demandai à mes amis de m'aider à entasser des cartons pour bloquer l'entrée.
Nous savions que nous n'y remettrions plus les pieds.
Je leur fis jurer de ne jamais raconter à personne ni comment devenir invisible, ni le miroir, ni ce qui s'était passé dans cette petite pièce. Puis Adrien et Sophie repartirent chez eux.
Peu après, je descendis dans le jardin, avec Jérémie.

– C'était tellement effrayant, lui expliquai-je. Tu ne peux pas t'imaginer.

J'en frissonnais encore.

– À t'entendre, ça devait être terrible, répondit-il d'un air absent, sans cesser de jouer avec sa balle. Au moins, maintenant, tout est arrangé. On se fait une petite partie ?

– Non.

Je ne me sentais pas d'humeur à m'amuser. Mais finalement, j'acceptai pour me changer les idées.

Jérémie me lança la balle. On se fit quelques très bonnes passes. Pendant environ cinq minutes. Jusqu'à ce que...

Jusqu'à ce que je m'arrête, pétrifié.

Est-ce que mes yeux me jouaient des tours ?

– Regarde-moi ce coup d'envoi, dit Jérémie en me lançant la balle de toutes ses forces.

Non. Non. Non.

Je restai bouche bée tandis qu'elle me frôlait au passage. Je n'essayai même pas de l'attraper. J'étais incapable de bouger.

Je ne pouvais que regarder, glacé d'horreur.

Mon frère le gaucher lançait la balle de la main droite...

FIN

Chair de poule®

1. La malédiction de la momie
2. La nuit des pantins
3. Dangereuses photos
4. Prisonniers du miroir
5. Méfiez-vous des abeilles
6. La maison des morts
7. Baignade interdite
8. Le fantôme de la plage
9. Les épouvantails de minuit
10. La colo de la peur
11. Le masque hanté
12. Le fantôme de l'auditorium
13. Le loup-garou des marécages
14. Le pantin maléfique
15. L'attaque du mutant
16. Le fantôme d'à côté
17. Sous-sol interdit
18. La tour de la Terreur
19. Leçons de piano et pièges mortels
20. Souhaits dangereux
21. Terreur sous l'évier
22. La colère de la momie
23. Le retour du masque hanté
24. L'horloge maudite
25. Le parc de l'Horreur
26. La fille qui criait au monstre
27. Comment ma tête a rétréci
28. La rue maudite
29. Le fantôme décapité
30. Alerte aux chiens
31. Photos de malheur
32. Les fantômes de la colo
33. La menace de la forêt
34. Comment tuer un monstre
35. Le coup du lapin
36. Jeux de monstres
37. Nuits de cauchemar
38. Des appels monstrueux
39. Le souffle du vampire
40. Les vers contre-attaquent
41. Le mangeur d'hommes
42. La colo de tous les dangers
43. Sang de monstre
44. Abominables bonshommes de neige
45. Danger, chat méchant !
46. La bête de la cave
47. L'école hantée

48. Sang de monstre II
49. Terrible internat
50. La peau du loup-garou
51. Le jumeau diabolique
52. Un film d'horreur
53. L'attaque des spectres
54. La fête infernale
55. L'invasion des extraterrestres I
56. L'invasion des extraterrestres II
57. Le manoir de la terreur
58. Cauchemars en série
59. Ne réveillez pas la momie !
60. Un loup-garou dans la maison
61. La bague maléfique
62. Retour au parc de l'Horreur
63. Concentré de cerveau
64. Sous l'œil de l'écorcheur
65. Halloween, une fête d'enfer
66. Mort de peur
67. La voiture hantée
68. La fièvre de la pleine lune
69. Kidnappés dans l'espace !
70. L'attaque aux œufs de Mars
71. Frissons en eau trouble
72. Les vacances de l'angoisse
73. La nuit des disparitions
74. Le fantôme du miroir

Hors-série

L'homme qui donne la chair de poule !
Halloween, le guide pour la fête
La maison du vampire

Chair de poule. ILLUSTRÉ

101. Les griffes de l'homme-loup
102. La punition de la mort
103. On ne touche pas aux tarentules !
104. L'épouvantail maléfique
105. Le vampire de glace
106. La télécommande diabolique

Impression réalisée sur CAMERON par

BRODARD & TAUPIN

GROUPE CPI

La Flèche
en mai 2004

Imprimé en France
N° d'impression : 23862